文字學家的殷墟筆記

04日常生活篇 II 住與行

字字有來頭

ABOUT characters

國際甲骨文權威學者 許進雄
以其畢生之研究 傾囊相授

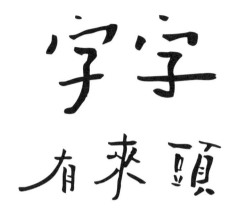

目次

2

3

4 住 功能改良，房屋更宜居／111

5 住 追求更舒適美好的生活／131

6 行 在交通工具發明以前／163

推薦序

這是一部最可信賴的大眾文字學叢書

黃啟方（世新大學終身榮譽教授、前臺灣大學文學院院長、前國語日報社董事長）

文字的發明，是人類歷史上的大事，而中國文字的創造，尤其驚天地而動鬼神。《淮南子》就有「昔蒼頡作書，而天雨粟、鬼夜哭」的記載。現存最古早的中國文字，是用刀刻在龜甲獸骨上的甲骨文。

甲骨文是古代極有價值的文物，卻晚到十九世紀末（西元一八九九年）才發現。編成於西元一七一六年的《康熙字典》，比甲骨文出土時間早了一百八十三年，就已經有五萬多字了。

從東漢許慎把中國文字的創造歸納成「象形，指事，會意，形聲，轉注，假借」六個原則以後，歷代文字學家都據此對文字的字形、字音、字義努力做解釋。但是，由於文字的創造，關涉的問題非常多，許慎的六個原則，恐怕難以周全，所以當甲骨文出土後，歷來學者的解釋也就重新受到檢驗。當然，必須對甲骨文具有專精獨到的研究成就，才具備重新檢驗和重新詮釋的條件，而許進雄教授，就是當今最具有這種能力的學者。

許教授對文字的敏銳感，是他自己在無意中發現的。當他在書店的書架上隨興抽出清代學者王念孫的《廣雅疏證》翻閱時，竟立刻被吸引了，也就這麼一頭栽進了文字研究的天地，那時他正在準備考大學。

一九六〇年秋，他以第一名考進臺灣大學中文系；而當大部分同學都為二年級的必修課「文字學」傷腦筋時，他已經去旁聽高年級的「古文字學」和研究所的「甲骨學」了。

當年臺大中文系在這個領域的教授有李孝定、金祥恆、戴君仁、屈萬里幾位老師，都是一時碩儒，也都對這一位很特別的學生特別注意。許教授的第一篇學位論文《殷卜辭中五種祭祀的研究》，就是根據甲骨文字而研究殷商時代典禮制度的著作。他質疑董作賓教授與日本學者島邦男的理論，並提出殷商王位承傳的新譜系，讓文字學界刮目相看。然後，他又注意到並充分利用甲骨上的鑽鑿形態，完成《甲骨上鑽鑿型態的研究》，更是直接針對甲骨文字形成的基礎作探討，影響深遠，目前已經完全被甲骨學界接受，更經中國安陽博物苑甲骨展覽廳推尊為百年來對甲骨學具有貢獻的二十五名學者之一。

許教授於一九六八年獲得屈萬里老師推薦，獲聘為加拿大多倫多市皇家安大略博物館遠東部研究人員，負責整理該館所收藏的商代甲骨。由於表現突出，很快由研究助理、助理研究員、副研究員升為研究員。在博物館任職的二十幾年期間，親身參與中國文物的收藏與展覽活動，因此具備實際接觸中國古代文物的豐富經驗，這對他在中國文字學、中國古代社會學的專長，不僅有互補的作用，更有加成的效果。

談古文字，絕對不能沒有古代社會與古代文物研究的根柢，許教授治學兼容並蓄，博學而富創見。他透過對古文字字形的精確分析，解釋古文字的原始意義和它的演變，旁徵博引，都是極具啟發且有所依據的創見。許教授曾舉例說明：「介紹大汶口的象牙梳子時，就借用甲骨文的姬字談髮飾與貴族身分的關係；談到東周的蓮瓣蓋青銅酒壺時，就談蓋子的濾酒特殊設計；借金代觀世音菩薩彩繪木雕，介紹觀世音菩薩傳說和信仰。……」他在解釋「微」字時，藉由「微」字字形，從商代甲骨文、兩周金文、秦代小篆到現代楷書的變化，重新解釋許慎《說文解字》「微，眇也，隱行也」的意涵，而提出出人意表的說法：「微字原本意思應是『打殺眼瞎或病體微弱的老人』。古代喪俗。」而這種喪俗，直到近世仍存在於日本，有名的〈楢山節考〉就是探討這個習俗的日本電影。許教授的論述，充分顯現他在甲骨文字和古代社會史課題上的精闢與獨到。讀他的書，除了讚嘆，還是讚嘆！

許教授不論在大學授課或在網站發表文章，都極受歡迎。他曾應好友楊惠南教授鼓吹，在網路開闢「殷墟書卷」部落格，以「殷墟劍客」為筆名，隨興或依據網友要求，講解了一百三十三個字的原始創意與字形字義的演變，內容既廣泛，又寫得輕鬆有趣，獲得熱烈回響。

《字字有來頭》則是許教授最特別的著作，一則這部叢書事先經過有系統的設計，分為動物篇、戰爭與刑罰篇、日常生活篇、器物製造篇、人生歷程與信仰篇，讓讀者分門別類、有系統的認識古文字與古代生活的關係；再則這是國內首部跨文字學、人類學、社會學研究的大眾文字學叢書；三則作者是備受國內外推崇的文字學家，專論著作等身，卻能從學術殿堂走向讀者大眾，寫得特別淺顯有趣。這套叢書，內容經過嚴謹的學術研究、考證，而能雅俗共賞，必然能夠使中國文字的趣味面，被重新認識。許教授的學術造詣和成就，值得所有讀者信賴！

推薦序

中國文字故事多，《來頭》講古最精博！

何大安（中央研究院院士、語言學研究所前所長）

讀了《字字有來頭》這部書之後，我想用兩句簡單的話來概括我的體會。第一句是：**「中國文字故事多。」**

為什麼這麼說呢？這要從中國文字的特色說起。有人主張文字的演進，是由圖畫文字演進為表意文字，再由表意文字演進為表音文字。這是「起於圖畫、終於音聲」的一種見解，這種見解可以解釋某些拼音文字的演進歷程，自屬言而有據。不過，從負載訊息的質和量來說，這樣的文字除了「音」、以及因「音」而偶發的一些聯想之外，就沒有多餘的東西了。一旦發展到極致，成了絕對的符號，成了潔淨無文、純粹理性的編碼系統，這樣的文字，取消了文化積澱的一切痕跡，也就喪失了文明創造中最可寶貴的精華——人文性。這無異於買櫝還珠，也就不能不讓人感到萬分的可惜了。

好在中國文字不一樣，它不但擁有這種人文性，而且數千年來還在不斷的增長、生發。這種「增長的人文性」，源於中國文字的最大特點。這個特點，讀者未必想得到，那就是「方塊化」。

中國文字是方塊字。距今四五千年前，被公認為中國文字雛形的半坡、柳灣、大汶口等地的刻符，已經是縱橫有序、大小略等的「方塊字」了。而正因為是「方塊」，所以使他和其他的圖畫文字，如古埃及文字，從一開始，就走上了不同的演化道路。埃及文字是「成幅」表現的。「幅」中共組一圖的各個部件，沒有明確的獨立地位，只是零件。中國文字的「方塊」，則將原始圖畫中的部件抽象化，獨立出來。一個方塊字，就是一個自足的概念，一個表述的基本單位。古埃及文字中的零件，最終成為「詞」的很少，多半成了無意義的音符。中國文字中的每一個方塊，卻都成了一個個獨立自主的「詞」，有了自己的生命和歷史。所以「方塊化」是將「圖畫」進一步抽象的結果。從「具象」到「抽象」，從「形象思維」到「概念思維」，這是一種進步，一種文明程度的提升，一種人文性的展現。

所以，有多少中國字，就有多少最基本的概念。這是第一個「故事多」。中國字的傳承，經過幾千年的假借引申、孳乳派生，產生了概念和語義、語用上的種種變化。一個字，就有著一部自己的演變史；這是第二個「故事多」。

第三個多，就繫乎是誰講的故事了。《紅樓》故事多，那是曹雪芹所講。《聊齋》故事多，那是蒲松齡所講。中國文字反映了文化史，其關乎城闕都邑的，考古家能言之；關乎鐘鼎彝器的，冶鑄家能言之；關乎鳥獸蟲魚的，生物家能言之；關乎生老病死、占卜祭祀、禮樂教化的，醫家、民俗家、思想家能言之；但是集大成而盡精微，把中國文字講出最多故事來的又能是誰呢？在我讀過的同類作品中，只有《字字有來頭》的作者許進雄教授，足以當之。因此我有了第二句話，那就是：

《來頭》講古最精博！

各界推薦

這部書，是一座漢字文化基因庫

林世仁（兒童文學作家）

十幾年前，當我對甲骨文產生興趣時，有三本書讓我最驚艷。依出版序，是許進雄教授的《中國古代社會》、林西莉的《漢字王國》（臺版改名《漢字的故事》）、唐諾的《文字的故事》。這三本書各自打開了一個面向：《中國古代社會》將甲骨文與人類學結合，從「文字群」中架構出古代社會的文化樣貌；《漢字王國》讓甲骨文與影像結合，讓人從照片、圖象的對比中驚歎文字的創意；《文字的故事》則將甲骨文與散文結合，讓文字學沾染出文學的美感。

十幾年來，兩岸各種「說文解字」的新版本如泉湧出。但究其實，若不是「舊內容新編排」，就多是擠在《漢字王國》開通的路徑上。《文字的故事》尚有張大春《認得幾個字》另闢支線，《中國古代社會》則似乎未曾再見類似的作品。何以故？

因為這本書跳脫了文字學，兼融人類學、考古學，再佐以文獻、器物和考古資料，取徑既大，就不是一般人能踵繼其後的了。

這一次，許教授重新切換角度，直接以文字本身為主角，化成《字字有來頭》系列，全新和讀者見面。這一套六本書藉由「一冊一主題」，帶領讀者進入「一字一世界」，看見古人的造字智慧，也瞧見文字背後文化的光。

古人造字沒有留下說明書，後人「看字溯源」只能各憑本事。許教授勝過其他人的地方，在於他曾任職博物館，親手整理、拓印過甲骨。這使他跳出一般文字學者的訓詁框架，不會「只在古卷上考古」。博物館的視野，也使他有「小心求證」的能力與「大膽假設」的勇氣，後者是我最欽佩的地方。

例如他以甲骨的鑽鑿型態來為卜辭斷代，以甲骨文和犁的材質來論斷商代已有牛耕，以氣候變遷來解釋大象、犀牛、鷹等動物在中國絕跡的原因，認為「去」

的造字靈感是「出恭」，都讓人眼睛一亮。所以這套書便不會是陳規舊說，而是帶有「許氏特色」的文字書。

文字學不好懂，看甲骨文卻很有趣。人會長大，字也會長大。長大的字和小時候經常大不相同，例如「為」原來是人牽著大象鼻子，有作為的意思（大概是要去搬木頭吧）；「畜」竟然是動物的腸子和胃（因為我們平常吃的內臟都來自畜養的動物）；「函」的金文作，是倒放的箭放在密封的袋子裡（所以才引申出「包函」）……凡此種種，都讓人有「看見文字小時候」的驚喜與恍然大悟！

書裡，每一個字都羅列出甲骨文或金文的不同寫法，好像「字的素描本」。例如「鹿」，一群排排站，看著就好可愛！還有些字，楷書我們並不熟悉，甲骨文卻充滿趣味。例如「龏」幾乎沒人認得，它的金文卻魔幻極了——是「雙手捧著龍」啊！類似的字還不少，單是看著它們的甲骨文便是一種奇特的欣賞經驗。

這幾年，我也開始整理一些有趣的漢字介紹給小讀者。許教授的書一直是我的案頭書。雖然有些訓詁知識對我是「有字天書」，但都不妨礙我從中看到造字的創意與文化的趣味。

漢字，是中華文化的基因，《字字有來頭》系列堪稱是一座「面向大眾」的基因庫。陳寅恪曾說：「凡解釋一字，即是做一部文化史」，這套書恰好便是這句話的展演和示例。

自序

字的演變，有跡可循：淺談中國文字的融通性與共時性

自加拿大皇家安大略博物館退休後，返臺在大學中文系授課，其實已是半退休狀態，本以為從此可以吃喝玩樂，不必有什麼壓力了，不想好友黃啟方教授推薦我為《青春共和國》雜誌，每個月寫一篇專欄，介紹漢字的創意，對象是青少年學生。本來以為可以輕鬆應付，不料寫了幾篇以後，馮社長又建議我編寫同性質的一系列大眾文字學叢書，分門別類介紹古文字以及相關的社會背景。我曾經出版過《中國古代社會》，也是分章別類，探討古代中國社會的一些現象，兼介紹相關的古文字，可以以它為基礎，增補新材料，重新組合，大概可以符合期待，所以也就答應了。現在這套書已陸續完成，就借用這個機會來談中國文字的融通性與共時性，做為閱讀這套書的前導。

※本書所列古文字字形，序列均自左而右。

中國從很早的時候就有文字，開始是以竹簡為一般的書寫工具。但因為竹簡在地下難於長久保存，被發現時都腐蝕潰爛，所以目前所能見到的資料，都是屬於不易腐爛的質材，例如刻在晚商龜甲或肩胛骨上的甲骨文，以及少量燒鑄於青銅器上的銘文。由於甲骨文字的數量佔絕對多數，所以大家也以甲骨文泛稱商代的文字。商代甲骨文的重要性在於其時代早而數量又多，是探索漢字創意不可或缺的材料。同時，因為它們是商王室的占卜紀錄，包含很多商王個人以及治理國家時所面對的諸多問題，是關係商代最高政治決策的第一手珍貴歷史資料。

商代時期的甲骨文，字形的結構還著重於意念的表達，不拘泥於圖畫的繁簡、筆畫的多寡，或部位的安置等細節，所以字形的異體很多，如捕魚的漁字，甲骨文有水中游魚❶，釣線捕魚❷，撒網捕魚❸等多種的創意。又如生育的毓（育）字，甲骨文不但有兩個不同創意的

❶

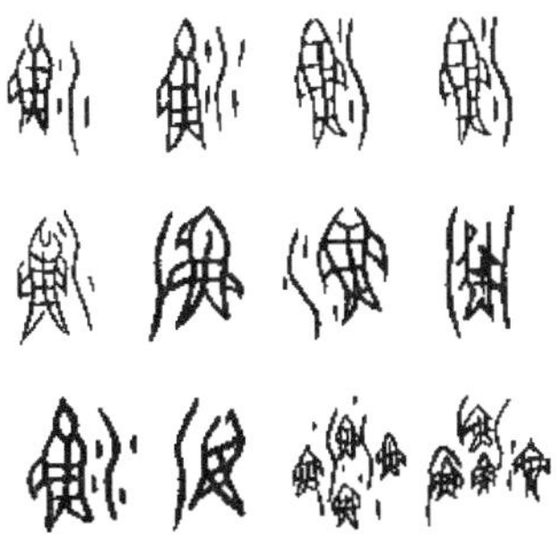

❷

❸

結構，一形是一位婦女產下帶有血水的嬰兒的情狀④，一形是嬰兒已產出於子宮外的樣子。前一形的母親還有頭上插骨笄或不插骨笄的區別，甚至簡省至像是代表男性的人形，更有將生產者省去的，還有又添加一手拿著衣物以包裹新生嬰兒的情狀。至於嬰兒滑出子宮之外的字形，也有兩種位置上的變化。儘管毓（育）字有這麼多的變化，一旦了解到毓字的創意，也就同時對這些異體字有所認識。

又由於甲骨卜辭絕大部分是用刀契刻的，筆畫受刀勢操作的影響，圓形的筆畫往往被契刻成四角或多角的形狀，不若銅器上的銘文有很多圖畫的趣味性。如魚字，早期金文的字形就比甲骨文的字形逼真得多⑤。商代時期的甲骨文字，由於是商王兩百多年間的占卜紀錄，使用的時機和地點是在限定範圍內，有專責的機構，所以每一個時期的書體特徵也比較容易把握，已建立起很嚴謹的斷代標準，不難

④

⑤

確定每一片卜辭的年代。這一點對於字形演化趨向，以及制度、習俗的演變等種種問題的探索，都非常方便而有益。

各個民族的語言一直都在慢慢變化著，使用拼音系統的文字，經常因為要反映語言的變化，而改變其拼寫方式，使得一種語言的古今不同階段，看起來好像是完全沒有關係的異質語文。音讀的變化不但表現在個別的詞彙上，有時也會改變語法的結構，使得同一種語言系統的各種方言，有時會差異得完全不能交流；沒有經過特殊訓練，根本無法讀得懂一百年前的文字。但是中國的漢字，儘管字與辭彙的音讀和外形也都起了相當的變化，卻不難讀懂幾千年以前的文獻，這就是漢字的特點之一。這種特性給予有志於探索古代中國文化者很大的方便。

西洋社會所以會走上拼音的途徑，應該是受到其語言性質的影響。西洋的語言屬於多音節的系統，用幾個簡單音節的組合就容易造出各個不同意義的辭彙。音節既多，可能的組合自然也就多樣，也就容易使用多變化的音節以表達精確的語意而不會產生誤會，這就是它們的優勢與方便之處。然而中國的語言，偏重於單音節，嘴巴所能發聲的音節是有限的，如果大量使用單音節的音標去表達意義，就不免經常遇到意義混淆的問題，所以自然發展成了今日表意的型式而沒有走上拼音的道路。

由於漢字不是用音標表達意義，所以字的形體變化不與語言的演變發生直接關係。譬如大字，先秦時侯讀若 dar，唐宋時候讀如 dai，而今日讀成 da。又如木字，先秦時候讀若 mewk，唐宋時候讀如 muk，今日則讀為 mu。至於字形，譬如昔日的昔，甲骨文有各種字形⑥，表達大水為患的日子已經過去了；因為商代後期控制水患的技術已有所改善，水災已不是主要的災害了，所以用以表達過去的時態。

⑥

其後的周代金文，字形還有多種形象⑦。秦代文字統一，小篆成固定的字形。漢代後更進一步改變筆勢成隸書、楷書等而成現在的昔字。幾千年來，漢字雖然已由圖畫般的象形文字演變成現在非常抽象化的結構，但是我們還是可以看到字形的演變是有跡可循的，稍加訓練就可以辨識了。

融通性與共時性，是漢字最大特色。一個漢字既包含了幾千年來字形的種種變化，也同時包含了幾千年來不同時代、不同地域的種種語音的內涵。只要稍加學習，我們不但可以通讀商代以來的三千多年文獻，還可以不管一個字在唐代怎麼念，也讀得懂他們所寫的詩文。同樣的，不同地區的方言雖不能夠相互交談，卻因其時代的文字形象是一致的，可以通過書寫的方式相互溝通。中國的疆域那麼廣大，地域又常為山川所隔絕，包含的種族也相當複雜，卻能夠融合成一個有共識、可辨識的團體，這種特殊的語文特性應該就是其重要因素。漢

⑦

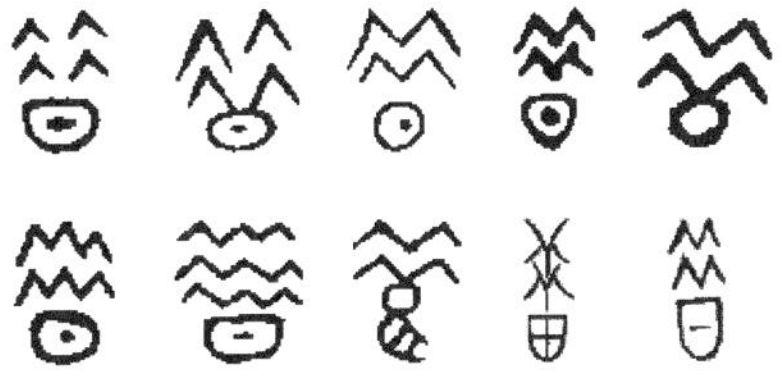

字看似非常繁複，不容易學習，其實它的創造有一定的規律，可以觸類旁通，有一貫的邏輯性，不必死記。尤其漢字的結構千變萬化，筆畫姿態優雅美麗，風格獨特，以致形成了評價很高的特有書法藝術，這些都不是拼音文字系統的文化所可比擬的。

世界各古老文明的表意文字，都可以讓我們了解那個時代的社會面貌。因為這些文字的圖畫性很重，不但告訴我們那時存在的動植物、使用的器物，也往往可以讓我們窺見創造文字時的構想，以及借以表達意義的事物信息。在追溯一個字的演變過程時，有時也可以看出一些古代器物的使用情況、風俗習慣、重要社會制度、價值觀念或工藝演進等等跡象。西洋的早期文字，因偏重以音節表達語言，以意象表達的字少，因而可用來探索古代社會動態的資料也少。中國由於語言的主體是單音節，為了避免同音詞之間的混淆，就想盡辦法通過圖象表達抽象的概念，多利用生活經驗和聯想來創造文字，因此，我們一旦了解一個字的創意，也就某種程度了解創字當時的社會背景與生活的經驗了。

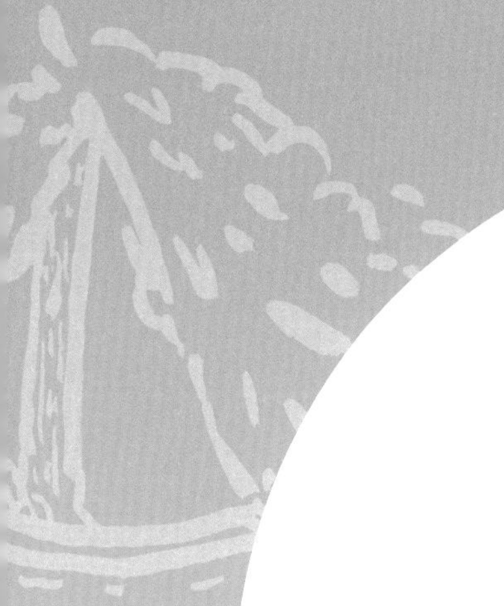

1

住

古人遷居，與水的奮鬥史

對於古人來說，白天四處尋找食物、免於飢餓，晚上有一個安全的地方睡覺，是生活中的最重要的事。此外，生活也不能沒有水，所以古人必須選擇容易獲得食物以及用水的地點棲身。

取水容易的地方，當然是河流附近，但是河流水量與季節有密切關係，落差有時可達二、三十公尺之多。為了避免雨季漲水帶來災難，因此古人就選擇地勢較高、可以避免水災的地點居住。

早期人類還沒有能力構築棲身的房屋，所以他們選擇接近水源而且地勢較高的自然洞穴居住。後來，人口增多，也慢慢發展農業，需要擴充耕地時，就必須遷移到河流兩岸的高地；然而這些地點沒有自然洞穴可以藏身，於是人們便開始動手構築自己的房子。

丘 ㄑㄧㄡ qiū

甲骨文的丘字❶，畫出左右兩岸高起的山丘或臺地，中間是水流經過的窪地。金文字形❷，最先是改變了筆勢，把左右兩側的豎直筆畫，變成斜畫上的短畫，然後是下面加一道短的橫畫，這是文字演變的常規。

大概因為形象變得不像山丘狀，所以又在下面加了土字，以輔助說明山丘是土堆積起來的地形，或再次變形為。

《說文》：「，土之高也，非人所為也。从北从一。一，地也。人凥(ㄐㄩ)在丘南故从北。中邦之凥在昆侖東南。一曰四方高中央下為丘。

❶

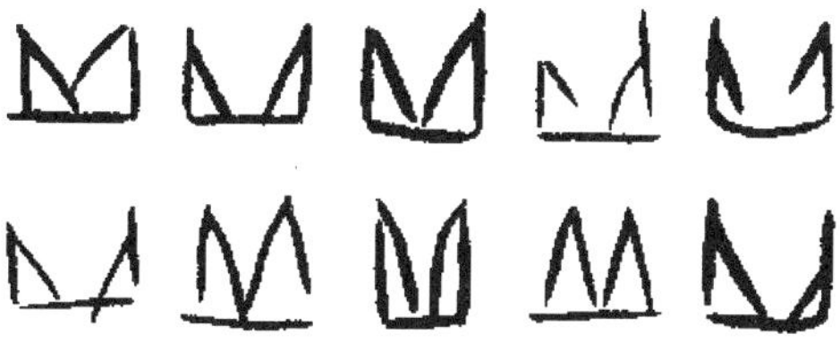

❷

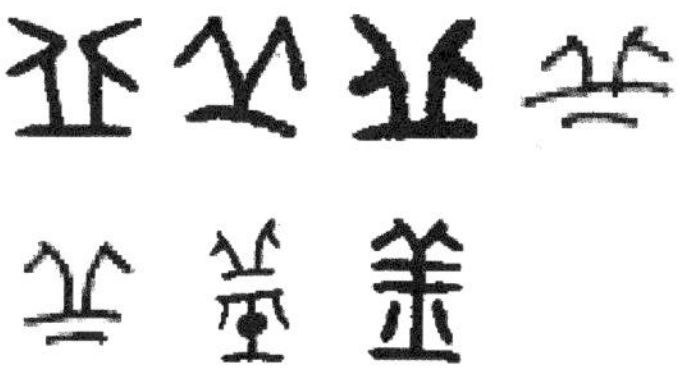

象形。凡丘之屬皆从丘。，古文丘。从土。」因為字形已變化得像是個北字，所以解釋為人居住在丘的南邊。既然是居住在南邊，何以使用北字來創造丘字呢？幸好有甲骨文的字形，讓後人可以了解這個字的最初字形來自「四方高、中央下」的創意。

早期人們活動的地點常在山丘，到了有史的時期，多數人都已遷居平地；仍居住在山丘上的人，就以所居住的山丘名稱做為氏族的名稱，如：吾丘、梁丘、虞丘、商丘等古代的姓氏。

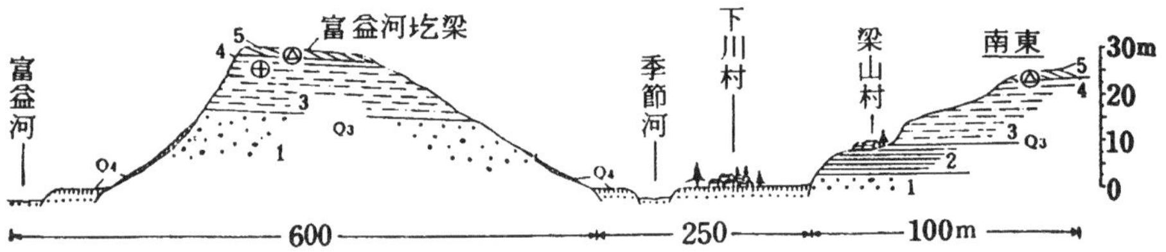

舊石器遺址（富益河圪梁）座落在山上。後來的居住區在山坡（梁山村）與平地（下川村）。

泉 ㄑㄩㄢˊ quán

隨著人口增加，迫使部分人們離開容易取水的地點，遷移到遠離河流的地方建立村落，人們居住的地域因而逐漸擴大。人們之所以能夠離開鄰近水源的地點，主要是得利於陶器的發明。陶器能夠盛裝大量的水，方便人們從遠方運來用水，使得人們活動範圍擴大，可以獲得更多的生活物資。人們又進一步發現河水不是唯一水源，在距離河流較遠而地勢較低窪的地點，有泉水湧出，也可提供生活用水。

甲骨文的泉字①，是水從源頭湧出的樣子。《說文》：「泉，水原也。象水流出成川形。凡泉之屬皆从泉。」小篆的泉字，省略了表示水的小點，變成不易正確看出泉字表現水流出成川的樣子。

①

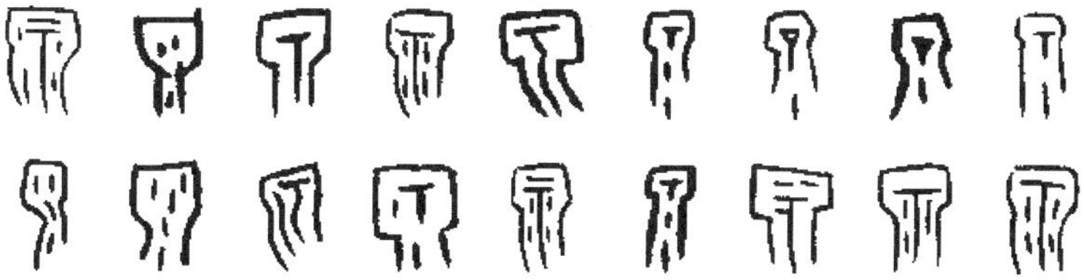

原 ㄩㄢˊ yuán

甲骨文不見原字，金文字形❶，比泉字多出一道筆畫，大致表示泉水從源頭開始湧出來的樣子。泉水湧出來的地點，就是溪流的源頭。

《說文》：「厵，水本也。从灥（ㄑㄩㄢˊ）出厂下。原，篆文从泉。」以三個泉字構成的原字，大概是取自籀文的字形。籀文的特點是把字寫得繁複。原字原本的意義是源頭，後來被借用表達平原、原野等意思；將原字加上水的符號，成為源，代表水源的意義，與原字加以區別。

六千年前的新石器遺址，有溝圈泉源、一山三水、河濱臺地、原邊灣嘴、泉邊溪旁、雙流交會、河濱灣嘴、山腳溝圈、沼旁渠濱等的

❶

村落類型，都是取水方便的地方，顯示當時已非早期住在山丘臺地的生活型態了。

井 ㄐㄧㄥˇ

jǐng

泉水若不取用便會流失，一旦來取水的人變多了，就必須想辦法留住泉水。人們了解到地底下是有水的，因此開始挖掘水井，使泉水長久保存在井中不流失，可以隨時大量取用。甚至在不見泉水的地方，向地下挖掘，也有機會發現水源。這樣一來，人們宜居的範圍又擴大很多。

甲骨文的井字❶，是由四排木材所構築的四方框形的水井形。

根據考古發掘的古代水井遺址，古老的水井構築方法，先是把木料打入土中，形成四排木樁，然後挖出中間的泥土，套上木框，防止

❶

以後木樁向內傾倒而掩塞了井底的泉眼。就這樣逐漸挖深而成為一口井。

金文字形❷，在方框中加了一個圓點，應該是表示井口，使井字的形象更為清楚。

《說文》：「丼，八家一井。象構韓形。•，罋象也。古者伯益初作井。凡井之屬皆从井。」許慎解釋，圓點像是一個用來汲水的陶甕形狀，恐怕不對。應該是表示井口或沒有意義的填空。

懂得挖掘水井之後，人們利用水源的能力更為提升，可以遠離河流，到低窪地區尋找水源，建立村落。不過，挖井的工程，不是一戶人家能夠獨力完成的，必須由幾家人共同挖掘、共同使用。當多戶人家聚集成為村落，又漸漸擴充為城邑時，為了管理與收稅方便，共用

❷

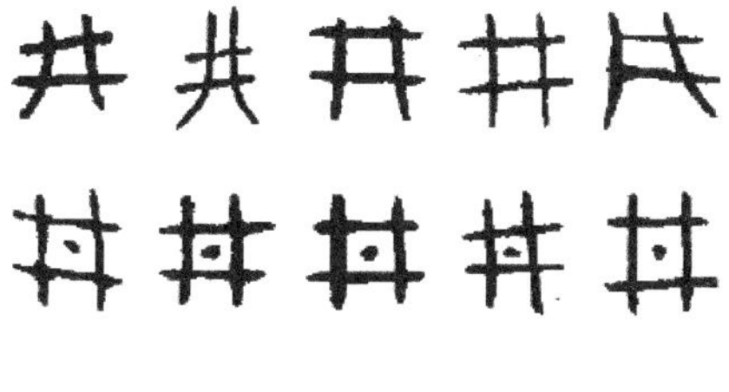

一口井的幾戶人家，就成為行政管理組織的最小單位。從最小的行政單位，再組織成為更大的鄰、里、鄉、鎮。這些較大的行政單位可以重新編制，只有井這個最小單位不可以分割，所以《易經・井》卦有「改邑不改井」的說法。

彔 ㄌㄨˋ lù

人口愈來愈多，井的數量也愈挖愈多，水位就愈降愈低，必須挖得夠深，才能達到地下水層。《史記．河渠書》記載，漢武帝時，為取水灌溉，水井有開鑿至深四十餘丈的。井的深度如果太深，汲水就費力，因此就得靠機械裝置來取水。

甲骨文的彔字❶，就是井上架設轆轤的形狀，以及從汲水桶濺出小水滴的樣子。轆轤是一種有絞盤的機械裝置，以繩索穿過絞盤，拉起汲水的桶子，這樣就可以省力。從字形可以看出，為了使水桶容易傾倒入水中以取水，水桶就做成上下窄而中身寬的樣子。

❶

金文字形❷，主要是水滴增多，以及汲水桶子變形，所以小篆的字形就很難看出原先表達的意思。

《說文》：「彔，刻木彔彔也。象形。凡彔之屬皆从彔。」解釋這個字是雕刻木頭時掉落的木屑。一旦回溯到甲骨文的字形，《說文》解釋錯誤就很明顯了。

轆轤是何時開始使用的呢？根據西元前三千二百年的河姆渡遺址，發掘報告指出，第二文化層發現的井上有井亭。那個時代，人們大概還不至於為了遮陽避雨而建造井亭，井邊的木造結構，應是做為裝置轆轤的支撐物。漢代出土的陶井欄明器甚多，大都帶有轆轤（如左圖），其外形與甲骨文的彔字形很相近。

❷

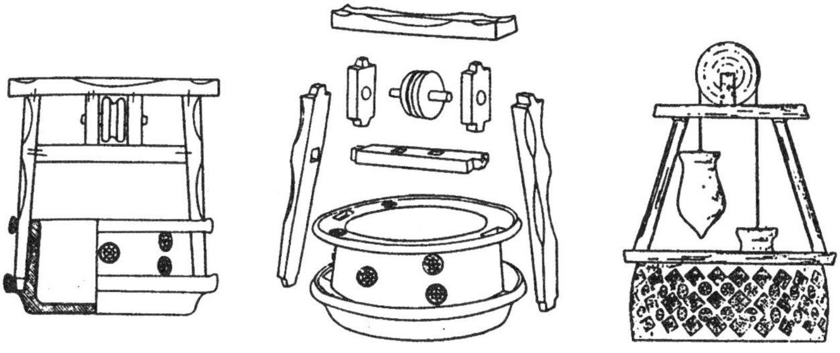

漢代水井的模型。

邑 ㄧˋ yì

甲骨文的邑字❶，由兩個單位組成，卩（ㄐㄧㄝˊ）是一個人跪坐的形象，這是戶內才有的坐姿，代表在屋裡的活動。口（ㄨㄟˊ）用來表現一個區域範圍。綜合兩者，邑字表示在一定範圍內的戶內生活；這個範圍，指的是村邑，而不是工作的田野。

早期，這個範圍往往是指一個可以看得見的人為工事，如濠溝；或自然屏障，如河流；用以防止野獸闖入或敵人入侵。金文字形❷，保持不變。

《說文》：「，國也。从口。先王之制，尊卑有大小。从卩。

❶

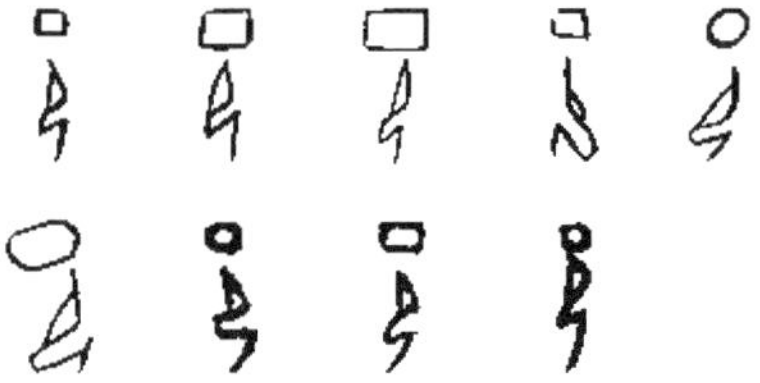

❷

凡邑之屬皆从邑。」許慎解釋，一個城邑範圍的大小，依「公、侯、伯、子、男」之制的身分尊卑而有區別，這是因為他不明瞭卩是表現一個人跪坐的形象，以為是個印章形象，有節制的意義，才做這樣的解釋。

一般而言，邑是一個大約一百人居住的小村落。《說文》解釋「虛」這個字是指大山丘：「古者九夫為井，四井為邑，四邑為丘，丘謂之虛。」

一夫代表一家人。一家如有四口人，則一井有三十六人，一邑有一百四十四人，接近一百的整數。至於範圍大小，依漢代《風俗通義》所說，八家而九頃二十畝，共為一井，則一邑的大致範圍就是三十六頃八十畝。如以一頃為一百畝，一畝為六百五十平方公尺來計算，則一邑的面積，大致是二點四平方公里。在古代，是個不小的村邑了。

商代甲骨卜辭常見到在某地區作邑的貞問，是打算在某地建立村落然後移民過去，擴充行政版圖。可見邑就是一個行政的基本單位。

六千年前西安半坡遺址，是一個頗為完整的村落，呈現不規則的圓形範圍，面積約五平方公里。周圍是一條寬度、深度各約五至六公尺的防禦濠溝。濠溝包圍的範圍以內是居住區，以外是公共墓地以及燒造陶器的作坊。居住區估計可容納五、六百人居住，算是較大的聚落，可分為好幾個邑的行政單位，大致有後代城市的雛形了。

郭 ㄍㄨㄛ guō

邑的規模再加以擴大，就成為都市。都市是人口集中的社區，是統治階級的政教中心。這個政教中心需要堅強的保護設施，以保證最高統治者的安全。常見的保護設施就是又高又厚的城牆，表達這種設施的字是郭。

甲骨文的郭字❶，中間是一個方形或圓形的範圍，在這個範圍之上有四座建築物的形狀。通過郭字的字義，可以了解這是表現一個方形或圓形的城，四面城牆都設有城樓，作用是觀望與偵查四周的動靜。一旦有敵人侵犯，這座城牆就是很好的保護堡壘。

❶

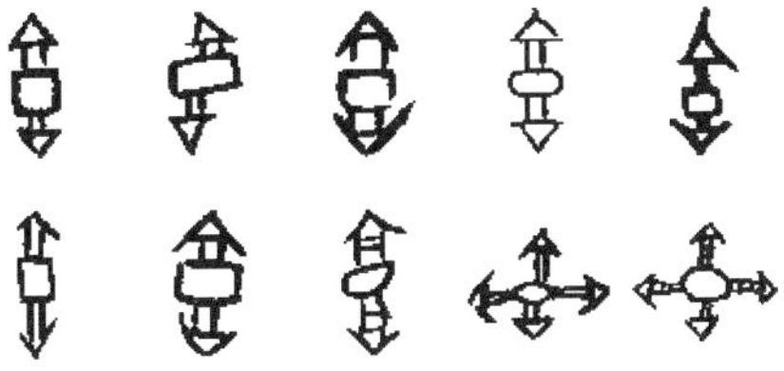

依據各民族的地上建築物的演進趨勢，先有圓形的構築，後來為了便利修築，才改為方形。因此，從郭字的演變過程可以判斷，先是畫出圓形的城牆，牆上有四座望亭。然後是方形的城牆，四面都有望亭。這樣的字形太過寬大，不方便書寫在細窄的竹簡上，於是省去東西兩邊的望亭，而成了只有南北有望亭的方形牆周。

金文字形❷，由於筆勢的習慣，看似恢復圓形的城周，又在城周內增加一個圓圈。《說文》：「，度也，民所度居也。从回，象城𩫏(ㄍㄨㄛ)之重、兩亭相對也。或但从口。凡𩫏之屬皆从𩫏。」許慎解釋為兩重的城牆。雖然後代確實曾因擴大範圍而有兩重城牆的現象，但是並非郭字造字初始的狀態。

有一個字的古文字形和郭字一模一樣，那就是墉字。《說文》：「，城垣也。从土，庸聲。，古文墉。」金文銘文也有以郭字做

❷

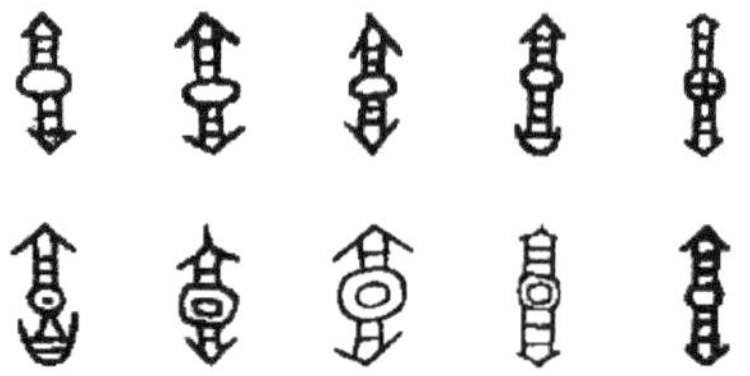

為庸字使用的。可以理解郭字兼有城周與城牆的意義。令人納悶的是，郭字與庸字的音讀非常不同。有可能那時候就有破音字了嗎？或是郭字在古代讀成兩個音節，與風字有凡與兄的兩個標音形式一樣，是古代一個字讀成多個音節現象的遺留？（請參考《01動物篇》第75頁鳳〔風〕字的介紹。）

古代社會，城牆的主要功能是防禦敵人侵犯。在中國，約四千年前龍山時代晚期，大量出現城牆。一般認為，戰爭的主要動機就是經濟的掠奪。經營農耕的人們，為了保護自己辛勞耕種的成果不被他人所掠奪，就有必要組織武力以及構築防備工事。龍山文化晚期，正是傳說夏朝將要建國的時候，那時社會已有明確的階級之分，戰爭規模已經相當大，因此修建城牆防備敵人侵犯。這樣的說法好像很有道理，無須懷疑。但是深入探討，可能不是如此。

目前中國發現較早期的城牆，有河南鄭州北郊的西山遺址，興建於仰韶廟底溝類型的時代，而廢棄於秦王寨類型的時代，年代約在五千三百年前至四千八百年前。歷史學家認為，當時社會還未進入建立國家的型態，因此，修建城牆最初可能不是為了防備敵人的軍隊入侵，而是另有原因。

古代的城牆，經常在城的內外都築有斜坡以增強城牆的強度，例如湖北黃陂盤龍城的商代城牆。城牆的坡度經常小於四十五度，這是防水的堤防常見的形式，可以有效防止牆根被水侵蝕、導致崩壞。但這樣的設計，其實非常不利於防守敵人入侵。有些城牆甚至內側沒有修築護城坡，而在外側卻有坡度不到四十度角的土石結構的護城坡。這些城牆很可能都是為了防範洪水而修築的。後世以防敵為目的的城牆，無不修成高聳陡直的樣子。

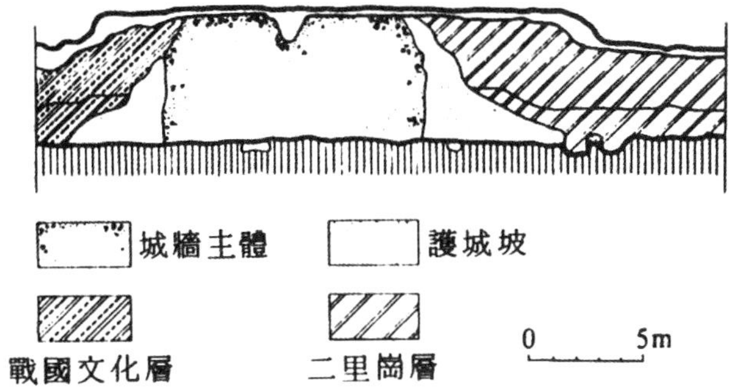

商代早期鄭州城牆的剖面圖，
內外護城土坡的坡度都不高。

河南輝縣共城的城牆特別厚，牆的基槽寬達六十公尺，研究者認為，可能是為了防備北面太行山山洪暴發的巨大沖擊力量，因而修建如此寬厚的城牆。若是為了防止敵人攀援，沒必要修建得如此寬廣。傳說大禹的父親鯀，以堙堵的方法治水而遭遇失敗，後來禹改用疏導的方法才成功治水。堙堵與築城的方法、原理相似，都可以說明龍山文化晚期修建大量城牆，在時間、地理、技術、需求各方面，都與防備大水有密切關係。

昔 ㄒㄧˊ xí

甲骨文的昔字❶，由災及日兩個構件組成。甲骨文的災字❷，形象就是很多道波浪重疊而翻滾的樣子，這是河流氾濫成災的景象，所以借用它來表達所有的災難。日為太陽的象形，與災字結合，表示大水為患的時代。日與災沒有位置上的關聯性，所以兩者的位置可以上下或左右變動。

到了金文時代，習慣性寫成上災下日的安排❸。但波浪的形象開始分離，所以《說文》誤以為昔字形表達太陽曝曬乾肉的景象，把意義說成是乾肉：「，乾肉也。从殘肉日以晞之。與俎同意。，籀文从肉。」甲骨文的昔字，都做為指稱某一個過去的日子，後

❶

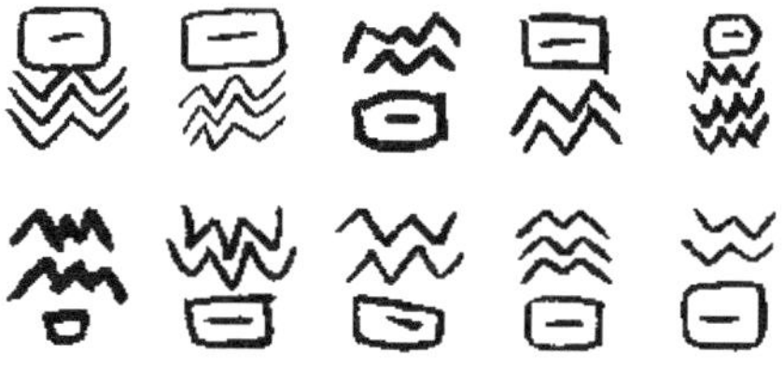

❷

代也沒有使用昔字做為乾肉的用法。顯然是因為籀文有從肉從昔的字，許慎才做出如此的解釋。昔，有過去的意義，創意應該是表達水災已是過去的日子發生的事了。這個訊息很重要。

古人從山上遷居到平原的過程，是一段與水奮鬥、歷時久長的艱辛歷程。商民族建國的過程就是典型的例子。商民族棲息的地域是黃河下游的沖積區。黃河河道常因雨水密集、宣泄不及而氾濫成災，所以很少發現五千年以前的遺址。商民族的建國過程，與黃河的水患可說是息息相關的。根據《史記．殷本紀》，從商的始祖契到湯建立商朝，時間約在西元前一千七百年，共遷徙了八次。從商湯到盤庚建都於安陽，又遷徙了五次。《尚書．盤庚》：「殷降大虐，先王不懷，厥攸作，視民利用遷。」「古我先王，將多于前功，適于山。」明顯反映商民族遠涉有高地的山區，是為了避免水患。

③

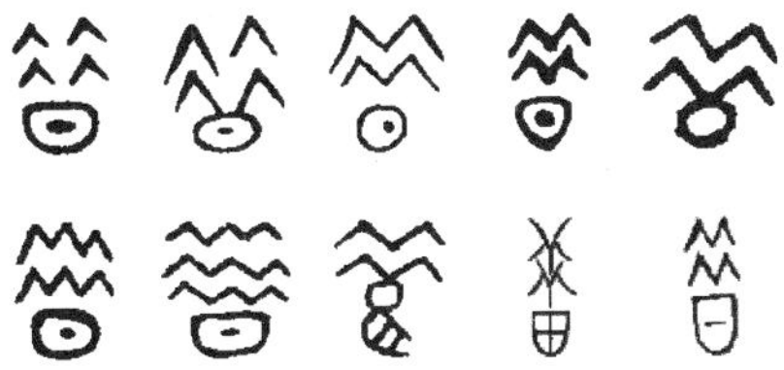

盤庚把首都遷到安陽之後，一直到商朝被周滅亡，歷時兩百多年，不再遷都。顯然，水患對於商代後期的人們，已不再是一種憂患，而是「發生在過去的事」了。

如果構築城牆是為了防備敵人侵襲，按道理說，安陽既然做為商代後期的王都超過兩百年，應該築有堅固的城牆。但是考古學者幾十年來密集的調查和發掘，只見附近挖有巨大濠溝，寬七至二十一公尺，深五到十公尺，卻始終不見城牆的痕跡。商朝被周民族的聯軍一擊敗潰而亡國，以致於紂王火焚自殺，很可能就是因為沒有堅固的城牆可以據守、等待援軍到來。看來，商王因為安陽的地勢較四周為高，沒有嚴重的水患，所以認為沒有必要築城。也就是說，城牆在商代還不具有軍事上的大用途。

陳 ㄔㄣˊ chén、敶 ㄔㄣˊ chén

金文有一個字，後來演變為陳與敶兩個字。字形❶，由三個構件組合而成。

第一個構件阜字，本來有兩個相似的字形，一是代表山，作山字的豎立側視形，簡化作。一是代表梯子，實體作，簡化作。在商代，兩者的分別還算清楚，西周以後就慢慢混淆起來，有時寫成山的形狀，有時寫成梯子的形狀。此處的阜，應該是代表山的意義。第二個構件東字，是一個裝了東西的袋子形狀，上下口都綑綁住，假借為東方的意義。此處用其本意的袋子。第三構件是攴（ㄆㄨ），手拿著棍子的形象，是打擊的符號。

❶

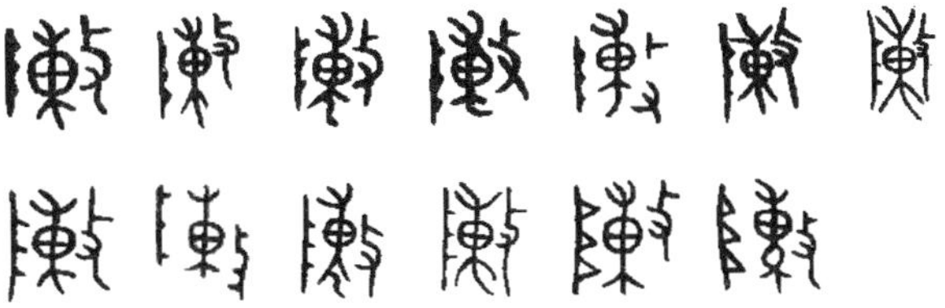

綜合這三個構件，可以推論，敶字表現手拿著棍子敲打山坡上的袋子。這是防禦水災的建築工事，直到今日防水時仍有同樣做法。水是無孔不入的，所以必須敲打沙包，消除空氣，使得沙包緊實、沒有孔隙。這是臨時的防禦工事，大水過後就可以拆除沙包，恢復原狀。從古文字可以了解，古時候住在山坡的人們，在河水上漲時，用沙包來防水。沙包必須一個接著一個緊緊排放，才有防禦大水的效果，所以也有排列、陳列等意義。

《說文》：「，列也。从攴，陳聲。」把這個字分析為從攴陳聲，顯然是錯誤的。《說文》：「，宛丘也。舜後嬀滿之所封。从阜、从木，申聲。，古文陳。」國名的陳應該另有本意，陳字應該是把敶字省略攵而成。許慎因為不了解造字創意，所以硬是把整體的東字分解成為木與申兩字，而以形聲字去解釋。

野 ㄧㄝˇ yě

城邑是行政管理的中心，城邑之外是廣大的農田，更外圍的地方則是人跡罕至、等待開發的的地方，稱為野。

甲骨文的野字❶，字形是樹林中有一個士字。在甲骨文，士字是雄性動物的性徵，是雄性動物（包括人類）的生殖器形象。金文時代變成❷，就看不出真實的形象了。野字的造字創意，來自野外樹林中豎有男性性器崇拜物。

古代社會非常重視有兒子繼承家業。婦女到供奉生殖神的地方祈求生育，是非常嚴肅的事。供奉生殖神的地點稍微遠離城邑，所以就

❶

❷

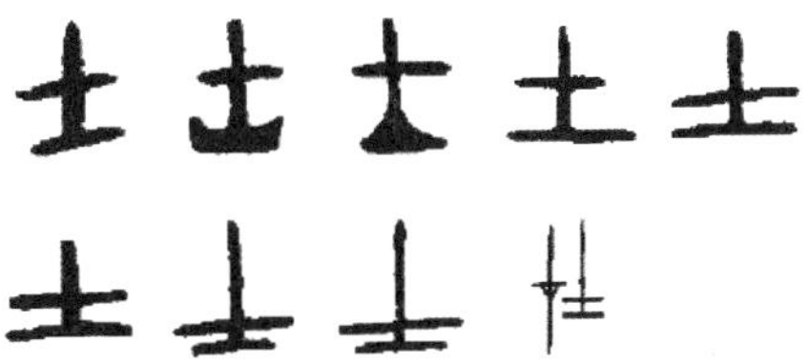

用野字來表達居住及工作區以外的地域。

金文字形❸，先是加上一個聲符予字，接著把林調換為田字。小篆又把田字與土字結合而成為里字，就成為現在的野字字形了。《說文》：「，郊外也。从里，予聲。，古文野，从里省、从林。」對照甲骨文，就知道這個說法不正確。

❸

2

住

怎麼住，華北、華南大不同

人們開始往山下移居，山下沒有天然的洞穴可以棲身，於是就開始修建住屋，打造可以遮避風雨、安心休息的所在。由於長江以南和長江以北地區的土質和氣候條件存在顯著差異，為了適應自然條件差異，華北、華南各自發展出不同的基本住家形式。華北的住家是半地下或地面的，華南的住家是高於地面的。

從營建技術的觀點看，最容易構築的住家是不必築牆的地下穴居，夏天涼爽而冬天可以避免寒風吹颳。所以華北就發展了半地下穴式的家居。尤其華北地區主要是由黃土堆積所形成，黃土土質疏鬆，容易挖掘。而且黃土顆粒有輕度膠結性，向下挖掘的洞穴不容易崩塌，可以安全居住。

向 ㄒㄧㄤˋ xiàng

以挖掘洞穴的技術來說，圓形要比矩形容易挖掘。所以圓形的穴居通常早於矩形。中國較早期的穴居，可以河南偃師湯泉溝的圓形地窟為代表，深度超過一個人的高度，用一根木柱架構屋頂以遮風雨。而更早的地窟或只加個蓋子防範野獸侵擾，開闔蓋子就能進出。

這樣的家居，反映在甲骨文的向字❶結構，字形是有一個出入口的尖頂家居。簡單構築的地下穴居，只有一個出入口，別無其他通風的開口。這是屋子的正面，也是屋子的所向，所以向字有面向某方向的意義。

❶

有時為了方便攀爬進出，就在木柱上綑縛幾條腳踏的木板，方便上下攀援（圖1）。這樣的房子沒有明顯的牆壁結構。後來所挖的面積愈來愈大，穴居的深度愈來愈淺，改為構築讓人方便出入的斜坡，而不必上下攀緣木梯進出屋子。相應的，屋頂的結構也複雜起來，不只使用一根大柱支撐頂架，還架設幾根較細的木柱以支持走道上方延伸出去的屋頂（圖2）。再更一步，就有牆壁與屋頂的分別了，因而有的字形  就不把屋頂與牆壁畫在同一道線條上了。

到了金文的時代，區分牆壁與屋頂的字形就增多了❷。《說文》：「向，北出牖也。从宀，从口。詩曰：塞向墐戶。」這又是後來的衍變了。早期穴居的牆壁都不高，很難在牆上開設窗口。後來房基完全上升至地面，牆壁有相當的高度，才需要在後牆開一個窗口，增加空氣流通的效果。

❷

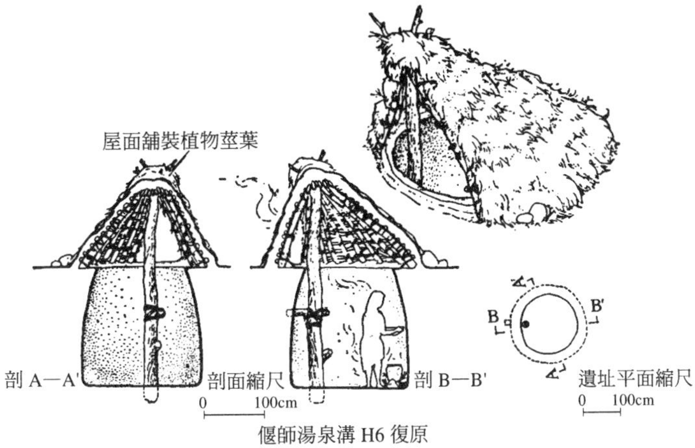

（圖 1）仰韶文化早期的圓形半地下穴式房子復原圖。

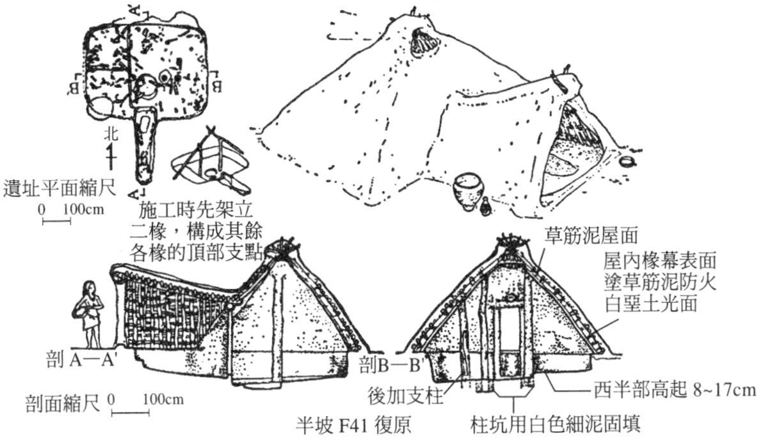

（圖 2）仰韶文化早期的長方形半地下穴式房子復原圖。

宀 ㄇㄧㄢˊ mián

甲骨文的宀字❶，是一個完全構築在地面的房屋外觀形狀，代表所有房子的外貌，後來就做為有關房子建築意義的符號。《說文》：「，交覆深屋也。象形。凡宀之屬皆从宀。」解釋為有梁柱結構的高聳房子的形象，很正確。

這種完全建築在地面的房屋，在五千多年前的仰韶文化中期就見到了（如左圖）。牆壁和屋頂使用很多根木柱架設起來，已具有傳統的中國斜簷房屋的形式了。

❶

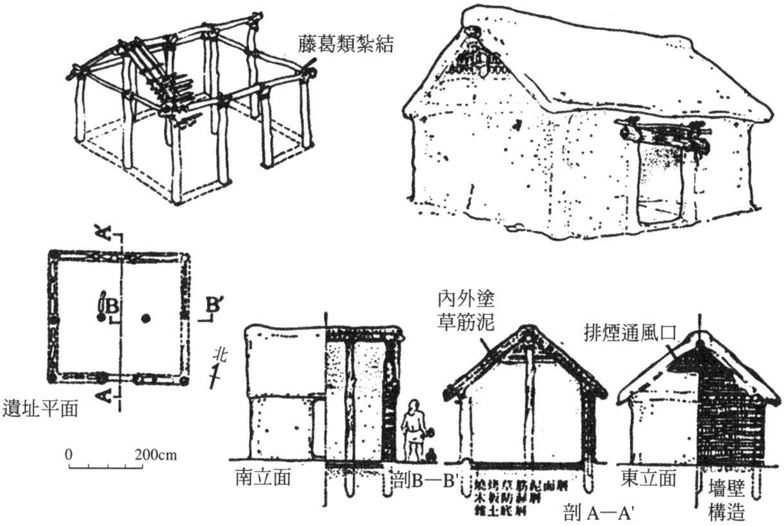

半坡 F24 復原

仰韶文化中期的地面房子復原圖。

宮 ㄍㄨㄥ gōng

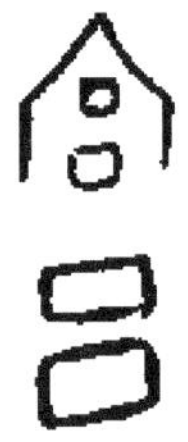

甲骨文的宮字有兩類字形，一類表現出幾種房屋有不同形式的隔間❶。後來可能覺得宮字的創意不夠清楚明確，就加上一個代表房屋的符號❷。房屋最初是容納一兩個人，做為遮蔽風雨、短暫休息的地方，面積很小。隨著建築技術進步及家庭結構的變化，房屋的面積愈來愈大，還有足夠的空間構築火膛，在屋裡作飯，不再擔憂有降雨的困擾了。

六千年前的半坡村落，矩形的穴居一般只有二十平方公尺，圓形的直徑約五、六公尺，尚不足以分隔睡覺的房間。如果有建築物蓋得比較大，為了隱蔽的目的，就出現了分室隔間的寢室。在那時候，建

❶

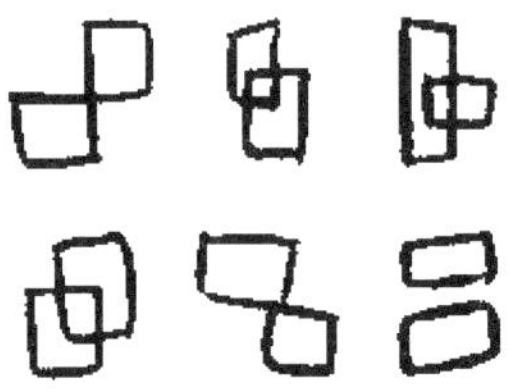

❷

築物若有兩間以上的房間，往往是主持政教大事的所在，或是領導者的住家，被視為是富麗堂皇的宮殿。所以，表現有兩個房間的宮字，就有宮殿、宮廷等意義。根據考古發掘情況得知，半坡文化晚期，偶有寢室的分間；不過，到了商代，有兩間以上隔間的建築物還是不多。

商代以後，家族結構起了變化，成員增多，而建築技術也提高了，有兩間以上房間的建築物已經普及，所以宮字也就表達更為輝煌的大型建築了。

金文宮字③，一定都有斜檐屋頂的形象。《說文》：「，室也。从宀，躳（ㄍㄨㄥ）省聲。凡宮之屬皆从宮。」分析為省聲的形聲字。然而，從甲骨文的字形大都作不規整的多個方塊形來看，宮字並不是形聲字的結構。

③

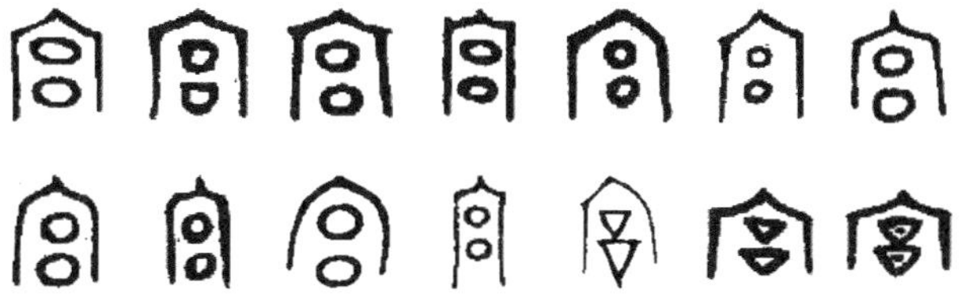

享 ㄒㄧㄤˇ xiǎng

古時候的華北比現在溫濕得多，半地下的穴居不免會潮濕，不利人們長久居住，因而產生種種防濕措施。例如六千年前的半坡房基，那時的人們會用火燒烤地面，使地面硬化而有防潮效果。到了五千年前的龍山時代，人們普遍懂得把蚌殼燒製成為石灰敷設地面，具有吸收潮濕的效果。商代的大型建築物使用夯打方式建造房子，得到更好的防濕效果。

甲骨文的享字❶，字形是一座有斜檐的建築物豎立在一座高出地面的土臺上。這種修築地基的方式，稱為夯築法。先挖一個有相當深度的坑洞，填入黃土，用細紮的木棒捶打，使土層堅硬而不透水，每

❶

層平均厚度八到十公分。填到了地面的高度時，更使用木板圍成框架，填土之後又加以夯打，一層層夯打到距離地面約有三個臺階的高度，然後在這個地基上建築房屋。這種地基質地堅硬，充分利用華北黃土的特性而構築。

從享字的意義為享祭來看，這是一種祭祀神靈的廟堂的建築，而不是一般家屋。祭祀在古代是國家最重要的施政大事，祭祀場所也往往是施政的地方，因此不惜工本，使用最費工的夯築方式修建地基。

金文字形❷，保持不變。《說文》：「亯，獻也。从高省。曰象孰物形。孝經曰，祭則鬼亯（ㄒㄧㄤˇ）之。𦎫，篆文亯。凡亯之屬皆从亯。」解釋也不正確。

金文的字形因演變的常規，在建築物的基座中增加一小橫畫

❷

。不知為何，小篆的字形，基座下多一道直畫而類化像是子字，其實創意和孩子是完全沒有關係的。地基也不是煮熟的食物形象。

高 ㄍㄠ gāo

甲骨文的高字❶，是由享字分化出來的字，以臺基上高聳的建築物表達，這種建築物的高度比起一般的家居要高，所以有高的意義。至於建築物下的口的部分，可能是演變過程中無意義的填空。

金文字形❷，已不見早先的字形。《說文》：「高，崇也。象臺觀高之形。从冂（ㄐㄩㄥ）、口。與倉、舍同意。凡高之屬皆从高。」

❶

❷

京 ㄐㄧㄥ jīng

甲骨文的京字❶，一個斜簷建築物，架設在高出地面的三排木樁上。建築在一排排木樁上的房子，自然要比建在地面或臺基上的建築物要高，這是政教中心才有的高聳建築物形，所以有京城的意義。

金文字形❷保持不變。《說文》：「，人所為絕高丘也。高省，丨象高形。凡京之屬皆从京。」對經字的字義解釋和字型分析，都有問題。

在一排排木樁上蓋房子，是受到華南地區的影響。在六千年前到三千年前這段期間，年平均溫度比現今高攝氏二度以上。現在的華南

❶

❷

地區屬於溫濕地區，那時則是更加潮濕，如果和華北地區一樣採用半地下或地面居所，過度潮濕非常不利於人們的健康和生活，華南地區因而發展高於地面的干欄式建築。

干欄式建築，做法是先在地上豎立多排木樁，然後在木樁上鋪設木板，構築房屋，分隔房間。干欄式建築比地下穴居的構建更加費工費時，華南地區因自然環境的條件，不得不採用這種建築方式（如下頁圖）。如果在華北採用這樣建築方式，自然會比一般房子高聳，而成為受注目的建築物。在華北地區，大概只有像首都這麼重要的行政區，才見得到這樣的建築物，所以這個字才會有京都的意義。

華南地區干欄式房子的模型。

臺 ㄊㄞˊ tái

中國在漢代之前，有兩種高層建築物，一種是建築在呈階梯狀的高臺上，每一階層建築一座樓房，遠遠看來就像是多層的樓房。這種形式的建築稱為臺。

《說文》：「，觀四方而高者。从至、从高省。與室屋同意。ㄓ聲。」從字形看，上部是表現屋頂上有一個分叉形的裝飾物，許慎竟把這件屋頂裝飾物當做聲符，但這應該是與高層建築有關的表意字。下部有至的字形。甲骨文的至字❶，字形是一枝箭到達目標的樣子，因此至有到達的意義。臺字所包含的至字形，大概是某種形象的類化，或是樓梯的形象，上高臺一定要循著階梯走。

❶

甲骨文有個字，一個享字疊在另一個享字之上❷。享字是表現建在臺基上的建築，所以這個字是表現多層的建築物各建在一個地基上，這就是臺的形象。很可能由於字形太過窄長，後來以臺字取代。

高臺居高臨下，便於偵察遠方景象，而且遠遠就可望見，能提高統治者的威勢。所以商代就有在高臺上蓋樓以資紀念以及誇耀權勢的風氣（如左圖）。漢代君王迷信神仙的存在，為了更接近天上的神仙，樓臺愈建愈高，《史記．封禪書》記載漢武帝為親近神仙而大建高樓，有達到一百公尺高者。木構建築不可能承受如此高樓的壓力，一定是在呈階梯狀的土層上的建築。

❷

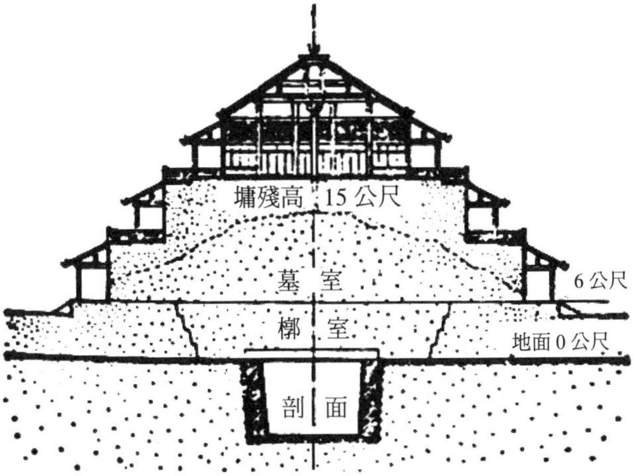

戰國中山王墓上享堂的復原剖面圖，
是在梯形臺基上的多層建築。

樓 ㄌㄡˊ

lóu

甲骨文有個字，一個享字疊在京字之上❶。這是一個地名，很難考證後來演變為哪一個字。依據字形看，京字表達干欄式的房子，底下只有柱子，是虛空的；享字表達在堅實地基上的建築；綜合起來，字形應該是在表現兩層樓房的建築，即後來的樓字。

金文這個字❷，在西周中期的銅器銘文如《大克鼎》、《師兌簋》等，都提到「今余唯醽ㄔㄨㄥˊ（重），乃令……」，是周王重新述說（重數）某個諸侯對於王家所作的貢獻，要重新給予任命以及賞賜物品。這個字假借做為數，從攴婁聲。《說文》：「，重屋也。从木婁聲。」意義是多層的房屋，也是從婁聲的結構。

❶

❷

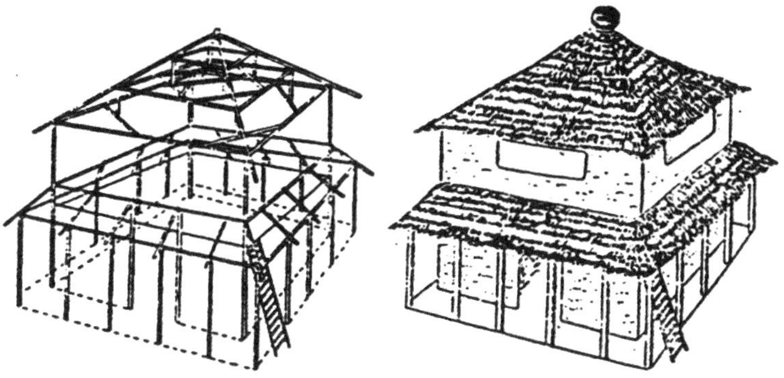

河南安陽的商代二樓房子的復原。

同是從婁聲的字，以樓字假借為數字使用，這在古代這是很平常的假借現象。所以甲骨文與金文的這個字，應該表現第一層是虛空的多層樓房，與每層都在堅實的地基上建築的臺字，正是多層樓房的兩種形式，後來也是因為字形太過窄長而被形聲字所取代。

從考古發掘的柱礎排列的痕跡，學者復原了商代二層樓房的建造（如上圖）。

阜 ㄈㄨˋ

fù

有了木結構的多層樓房，就需要有梯子才能上下樓層。甲骨文的阜字❶，就是一把木製的梯子形狀。根據發掘出土的實例，古人在一根木頭上砍斲(ㄓㄨㄛˊ)出一道道三角形的腳坎，而成為階梯。省簡的寫法，三短畫是朝上斜的。如果是表現山陵，省簡型的三短畫是朝下斜的，如薅(ㄏㄠ)字裡所表達的山坡（手持工具在除草）。梯子除了用來上下樓層以外，可能還做為神靈上下凡間、天上的工具，所以甲骨文的尊字，經常寫作，點明在階梯之前雙手捧酒尊奉獻的樣子。

❶

陟 ㄓˋ zhì、降 ㄐㄧㄤˋ jiàng

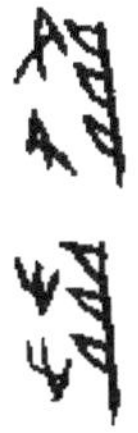

甲骨文的陟字❶，兩隻腳前後往上爬樓梯的樣子。降字❷，則是兩隻腳前後往下走樓梯的樣子。金文到小篆的字形，基本上保持不變❸❹。《說文》：「陟，登也。从阜、步。陟，古文陟。」、「降，下也。从阜，夅聲。」解釋降字是形聲字的形式就不對了。

❶

❷

❸

❹

陵 ㄌㄥˊ

líng

甲骨文的陵字，一個人抬起一隻腳，要爬上梯子的樣子，所以有超越、駕凌的意義。大概字形太過簡單，尤其是一腳長一腳短的抬腳形象，很容易被忽略，所以金文字形❶在人的頭上加上三道筆畫，可能是表達搬物品上樓時，物品要頂在頭上才容易上下樓梯。可能因為上山坡與上樓的動作相似，也使用為山陵的意思，因此後來加上一個土字以便分別。

《說文》：「，大阜也。从阜，夌聲。」、「，越也。从夊、兂。兂，物高大也。一曰夌徲也。」分析為兩個字形。小篆的陵字比金文在人底下多一個腳步，使上梯的意義更為清楚。如果不了解陵

❶

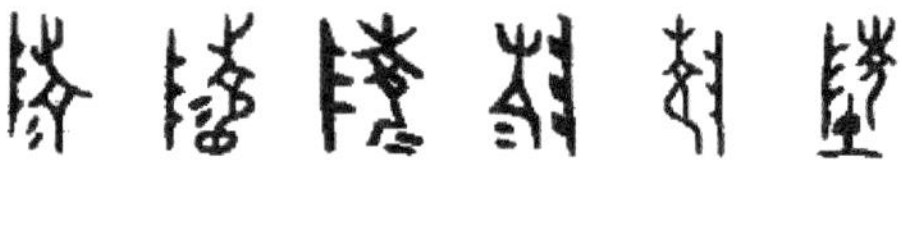

字的創意，只從字形是沒有辦法領悟夌字的意義的。

干欄與深穴式的住家，都要借助梯子一類的用具，才能進出上下。在仰韶文化的時代，在土牆上挖刻腳坎，或在中心的支柱上斫(ㄓㄨㄛˊ)刻腳坎，也具有梯子的功能，不一定要使用專用的梯子。從在梯子之前捧酒祭祀的尊字，大致可以推論，商代已有不少兩層樓房的建築，需要有字來表達「用樓梯上下樓房」。

3

住

開始構築最陽春的家

各 ㄍㄜˋ、出 ㄔㄨ

chū

gè

五千多年前，仰韶文化晚期就有建築在地面的大型建築，不過，要等到東周時候，人們才普遍居住蓋在地面的房子。在商代，多數農民仍住在半地下式的房子；因此甲骨文的各字❶，是一隻腳踏進一處半地下式穴居的樣子，有來到、下臨、下降等意義。與之相反的出字❷，則是一隻腳朝穴居的外面走出去的樣子，意義為出門、出外等。為了表明各字與出字都與行走的行動有關，所以各字又加上一個表示行道的彳或行字。

從這兩個日常用字，可以了解當時華北地區一般人住在半地下穴居的生活習慣。金文字形，各❸與出❹大致與商代相同，偶有加上走的

❶

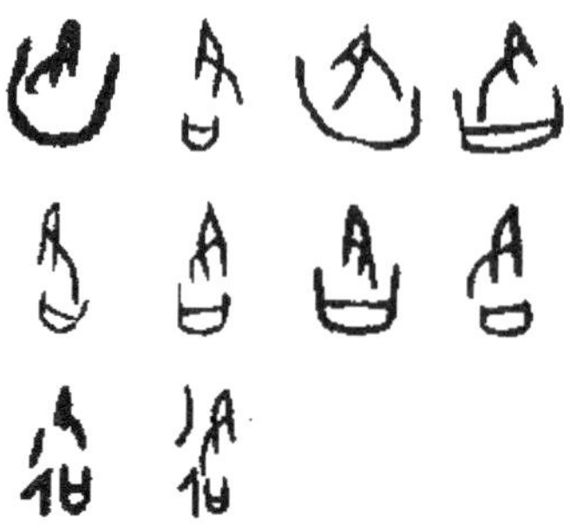

❷

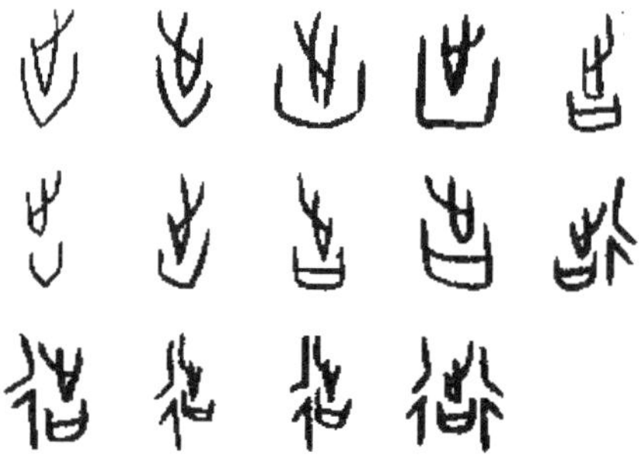

偏旁 。

《說文》：「 ，異詞也。从口、夊。夊者，有行而止之不相聽意。」「 ，進也。象艸木益滋上出達也。凡出之屬皆从出。」解釋各字表現有人要走路而被人所阻住，而出字為草木生長茁壯的樣子。都沒有看出兩字的創意與古代的穴居生活有關，與原來的造字創意相差很遠。各後來被借用以表達各自的意義，原先的各字就加上木（梯子的材料）而成為格字，各字就不再使用為來臨的意義了。

③

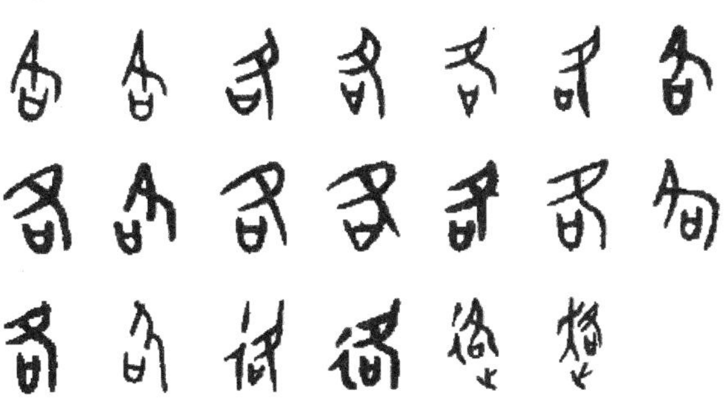

④

內 ㄋㄟˋ nèi

有了固定的居住場所，就需要創造用來表達內外的字。甲骨文的內字❶，大概是表現穴居裡面的樣子。早期的半地下穴居，還沒有可以開闔的門戶，只有一個可以進出的開口而已（請參考59頁，向字的介紹）。這個開口很可能設有門簾之類的東西，晚上要休息時把簾子放下，白天時就把簾子往兩旁分開。金文的門字，有一字形作內字的下邊有一道門戶的樣子，證明內字是屋內的形象。內字大半表現屋裡懸掛簾子的形象，這是人在屋內所看到的景象，所以表達裡面的意義。尖的頂是比較早期入口不高的形式，方框的是後期屋子比較高的形式。

❶

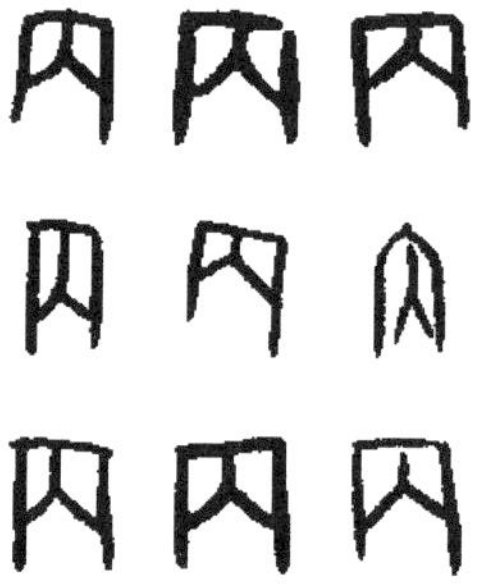

❷

金文字形❷，有的就寫成斜頂屋檐的樣子。《說文》：「，入也。从冂、入。自外而入也。」解釋為自外而入，但字形是一個整體的形狀，沒有自外而入的行動過程，顯然是有問題的。

甲骨文還有個入字❸，意義是進入，經常也用於內外的意義，應該就是從內字分析出來的，表現屋內門簾已左右分開的樣子。金文字形❹沒什麼演變。《說文》：「，內也。象從上俱下也。凡入之屬皆从入。」許慎既沒有認出內字的創意，自然也就不能正確解釋入字的創意了。

❸

❹

外 ㄨㄞˋ wài

甲骨文的外字，與占卜的卜字，字形完全一樣，是占卜的時候燒灼甲骨使骨的表面裂開而顯示的兆紋形象。外字的創意很可能借用占卜的術語，橫紋向上為外，向下為內。

但是，使用一個字形表達兩個不同的意義，可能會引起混亂，所以金文字形就加上一個月字加以分別❶。《說文》：「，遠也。卜尚平旦，今若夕，上於事外矣。，古文。」解釋說晚上的占卜不是重要事件，恐怕不對。

❶

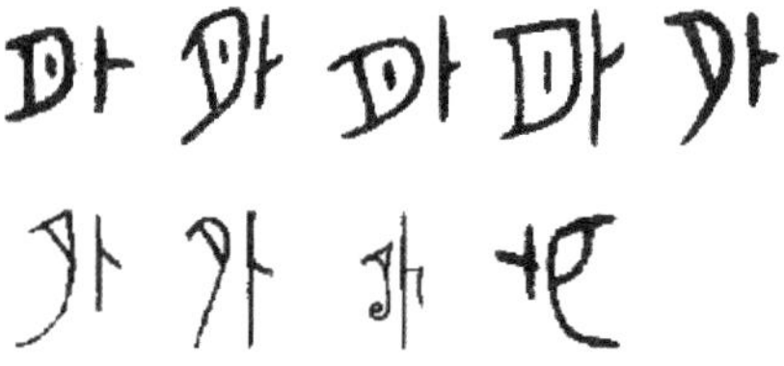

退 ㄊㄨㄟˋ tuì

創意與屋內有關的還有退字與處字。甲骨文的退字❶，由內字與止字組合而成。這個字的辨識是經由與金文、小篆對照後才確定的。這是表現一隻腳（止）在屋內的形象。

古代的人一早就外出工作，工作完畢才回家休息，所以有退回、退卻等的意義。金文字形。《說文》：「，卻也。从彳、日、夊。一曰行遲。，退或从內。，古文从辵。」所收錄的古文字形與金文相同，而或文的字形包含有內，提示演化的過程可能是因為是有關腳步行動的行為。

❶

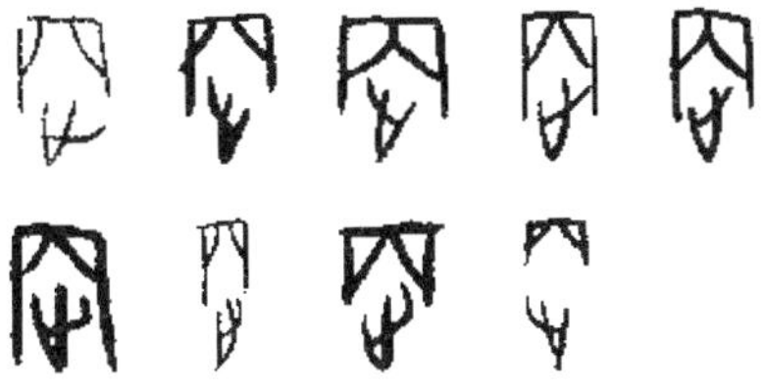

古文字的彳、辵、止，經常可以互相更替，有可能就產生了的或體字形。或增加一個表達道路的彳構件，這個字形的內被訛變為日而成的古文字形。又在字的中間加一個裝飾的口符號，而成為的金文字形。古文字形省去止的構件，就成為小篆的字形。這個字經過了這幾次的變化，和原先字形差了很多，所以《說文》就無法正確分析字形了。

處 ㄔㄨˋ chù

甲骨文的處字❶，字形與退字類似但稍有不同。退字所表達的是門簾已經拉開，人出去工作回來了，所以有退回的意義。處則是表現門簾還沒有拉開，人還沒有出去的狀況，所以有安處的意義。

金文字形有兩類❷、❸，前者（❷）加了一個虎的聲符。但不知為何，屋內的腳被移到屋外，並與虎字連成一體。這就是小篆的或體。另一類字形則是一個人坐在凳子上的樣子。早期的凳子稱為胡床，是東夷民族的戶外坐具，是與東夷族有較多接觸以後才有的字形。《說文》：「，止也。从夂、几。夂，得几而止也。，處，或从虍聲。」看來，先是作，接著止跨出屋外成為，但是甲

❶

❷

❸

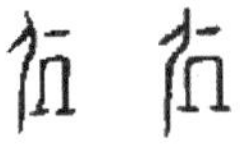

骨與金文都不見這個字形。然後是加上聲符虎而成。退與處兩字的創造，都是在有門戶之前的時代。

戶 ㄏㄨˋ hù

完全蓋在地面上的房子，高度比人高，不但在屋內可以不必彎腰行走，出入口的高度也比人高，讓人可以挺直腰進出了。甲骨文的戶字❶，是一片單扇的戶，裝設在一根木柱上的樣子。因為戶的面積大，不便使用一塊木板製作，要使用多塊木板合併起來，所以字形用兩塊木板以象徵多數。從考古發掘的情形看，這一根木柱放置在一塊石頭上，讓木板可以旋轉開闔。不但門口有戶，房間也有戶，提升空間的隱蔽性。《說文》：「，護也。半門曰戶。象形。凡戶之屬皆从戶。，古文戶，从木。」小篆的字形，筆畫稍有移位，本來表現多塊木板併合的戶，變成整片的戶了。

❶

門 ㄇㄣˊ mén

甲骨文的門字❶，兩根木柱各裝有一面由多片木板組合的戶，有時還有一道橫的門框固定住兩根木柱。金文字形❷，其中還有一形是門在內字下的形狀，證明內字表現出入口的門簾形象。《說文》：「，聞也。从二戶。象形。凡門之屬皆从門。」大概屋子的門字是眾所周知的意義，所以用一個同聲韻的聞字去解釋門的用途或創意。不過，門字的創意恐怕和「聽聞」一點關係也沒有。

根據目前的發掘結果，商代的門，不是個別房子的進出口，而是整個建築群或一個聚落的進出口才有的設置。但是到了西周時代，有的房間也裝設兩扇木板門了。在文字使用上，戶是個別的房子，容納

❶

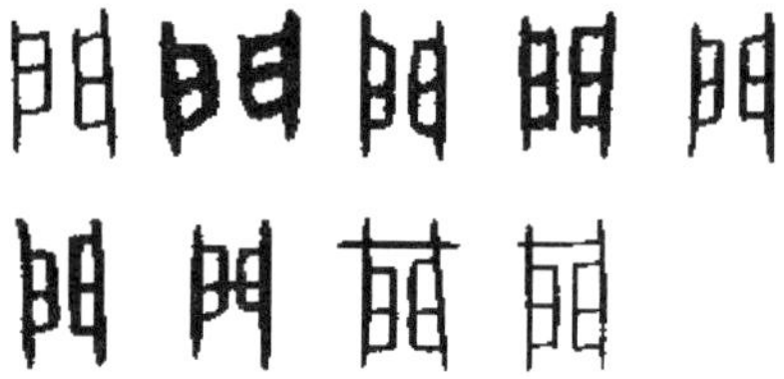

❷

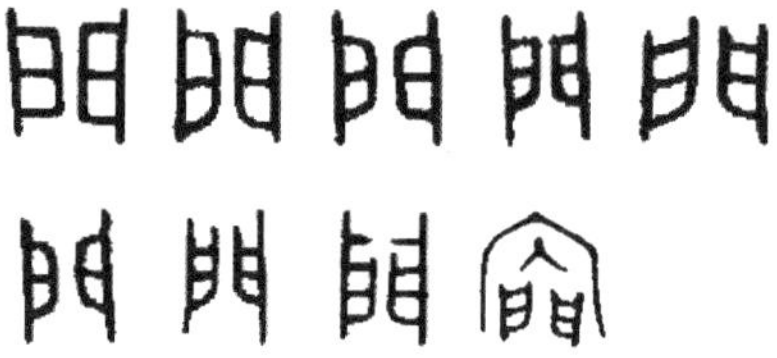

人數少，所以用於指稱人數少的單位；門是很多人共同的進出口，所以用於指稱人數眾多的單位，如門派、整個家族。

囧 ㄐㄩㄥˇ jiǒng、明 ㄇㄧㄥˊ míng

古人的生活漸漸發展為在屋內燒煮食物和睡眠，在屋內的時間加長了，除了進出口以外，也有必要再開個通風口。半地下穴式的房子，就在屋頂開一個孔洞以引進光線，並使空氣流通。蓋在地面的房子，為了減少屋頂上的孔洞受到雨露侵襲，就改為在牆上開一個窗戶。甲骨文的囧字❶，形象是一個圓形的窗子。有可能為了與其他圓形的東西有所區別，所以在圓圈中加上三或四個短線。窗子的形狀應以方形比較容易構築，有可能當時的窗子大都廢物利用，常以破壞的大口陶罐的口沿做成，所以才是圓形的形式。

❶

金文字形還是保持圓形。小篆因為筆勢習慣，就改為方形。《說文》：「，窗牖麗廔(ㄌㄡˇ)闓(ㄎㄞˇ)明也。象形。凡囧之屬皆从囧。讀若獷。賈侍中說：讀與明同。」解釋得非常正確。

囧字表現窗子的形象，可以從明字得到證明。甲骨文的明字❷，由窗子與月亮組合而成，充分說明創意，是利用照進窗內的月光使室內明亮的意思。窗子的形象大半是因為圓圈內的短筆畫太多，就簡寫有如日字，更進一步就寫為日字了。金文的明字❸，也是兩型並存。《說文》：「，照也。从月、囧。凡明之屬皆从明。，古文从日。」卻以為古文的字形早於小篆的字形。

❷

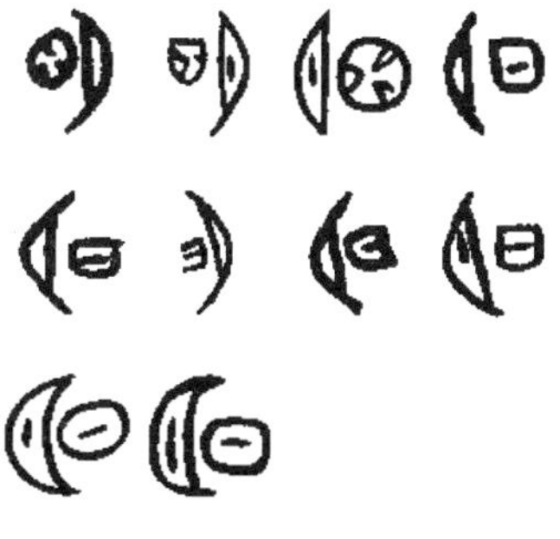

❸

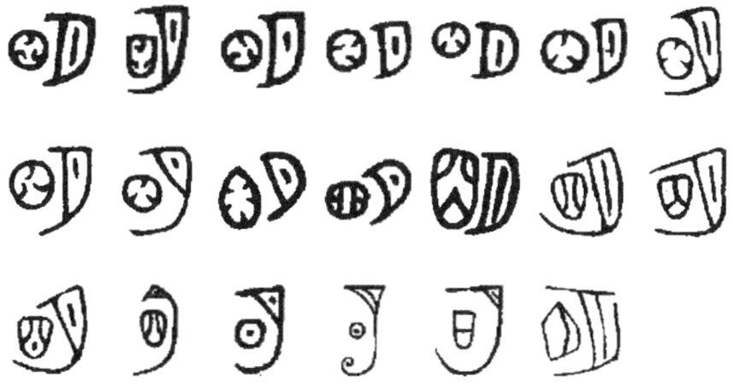

寢 ㄑㄧㄣˇ qǐn

一般房子在有了足夠的空間以後，首先要考慮的就是把睡覺的地方區隔起來，以保持使用者的隱密性，還可以做為收藏貴重東西的地點。這個睡眠的空間稱為寢。

甲骨文的寢字❶，形象是屋子裡有一把掃帚的樣子。甲骨文的帚字❷，作一把掃帚的形狀，這是把小灌木綑綁成掃帚的形象，後來不知為何，在手把的位置加一個像是手把的裝置。掃帚是清潔地面的工具。因為那時屋內已設置燒煮食物的火膛，燒煮食物不免會產生煙灰等不清潔的東西，做為睡眠地點的寢室，就需要特意加以拂拭打掃，否則躺上去就會髒污衣服。很明顯的，寢字表達放置掃把

❶

❷

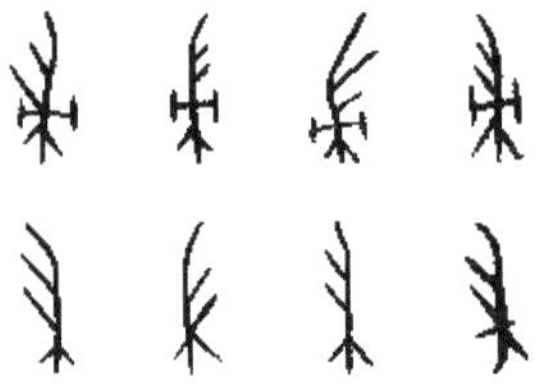

的寢室地點。

金文字形③，又增加兩個字形：一個在掃把的下端增加一隻手，用以說明以手操作掃把的方式。一個更加上一個婦女的形象，表明清掃房間是婦女的職務。

《說文》：「，臥也。从宀，侵聲。，籀文寢省。」可能因為小篆把金文的婦女符號改為男性的人字，男子不是使用掃把的人選，導致寢字的創意漸失，被誤會為形聲字。

寢室的隔間，早期都在屋子的後邊，後來技術改進，可以建築多個隔間的房子，讓更多人住進去，從甲骨刻辭有東寢、西寢、新寢的名稱，知道房子後邊的東端與西端都可以設有寢室。有支腳的床本來是生病時讓病人在廳堂睡臥的，預備如果不幸死亡時也合於禮儀所

③

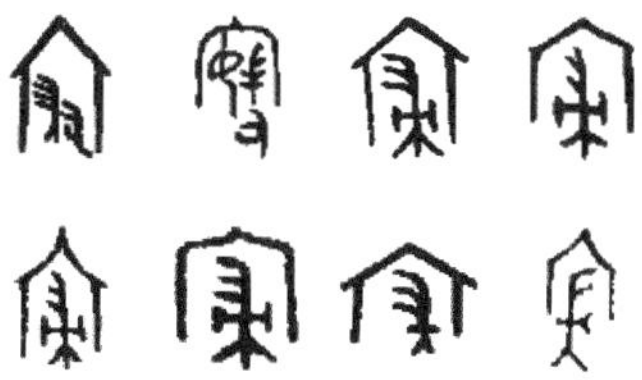

需，在床上過世。後來醫學漸漸進步，這張床成為大廳的坐具。又過了很長的時間，這張病床才移到寢室，成為一般人的睡床。所以現在的寢字就寫成有一張床的字形（請參考第104頁，疾字的介紹）。

寒 ㄏㄢˊ hán

使用掃把掃地的地方是寢室，好像暗示人們最先是睡在地面上的，所以只有睡覺的地方需要清掃乾淨。地面不免有濕氣，既不舒服也不利於健康，因此就改善為睡在乾草上。金文的寒字，形象是一個人在四個草（眾多）之中，大概這樣睡起來不夠溫暖，所以才有寒冷的意義。另有一形，人的下邊有相疊的兩短橫畫，是無意義的填空，但也有可能就是表達地面有濕氣的意思。《說文》：「，凍也。人在下。从茻上下為覆，下有仌也。」以為這個字形表達人睡覺時，上下覆蓋有草（下方冰冷）。不過，創意可能不是如此。

宿 ㄙㄨˋ sù

人們從早先睡在乾草上，更進一步改良為睡在編織的蓆子上，免卻每天整理零亂乾草的麻煩。甲骨文的宿字❶，形狀是一個人躺臥在以草編綴的蓆子上，或點明是臥睡在屋中的草蓆上。這是晚上長時間的睡眠，所以也指住宿或經過一夜以上的時間。

金文字形❷還多出了一個字形，是一個戴面具的人（巫師）睡在四個草（眾草）之間的樣子。這個時代已經普遍睡在草蓆上，而巫師卻要睡在乾草上。這可能是在施行巫術時候的行為。《儀禮》、《荀子》、《左傳》、《墨子》等先秦文獻，多次提及「寢苫（ㄕㄢ）枕塊」，是守喪期間最簡陋的寢具，表示哀悼而無心講求舒適的心情。有些註釋

❶

❷

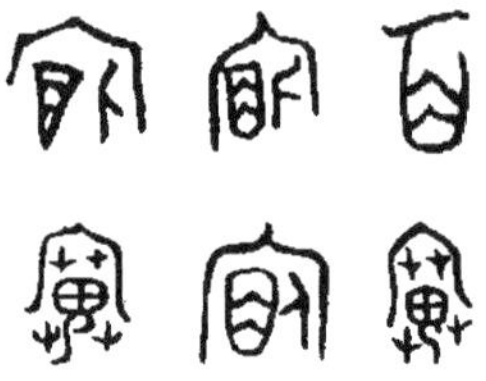

說，「夏枕塊，冬枕草，哀親之在土也。」枕塊的意思是以土塊為枕頭。土塊需要凝固才能承受頭的重量，很可能當時已有用土燒成硬的陶枕，供應喪家使用。陶土的性質涼爽，所以夏天使用土塊燒成的枕頭，冬天則使用乾燥的草。睡在乾草上或以乾草為枕頭，都不是正常的形況，所以還戴面具，表明不是一般的人員（可能是巫師）。

《說文》：「，止也。从宀，佰ㄙㄨˋ。佰，古文夙。」許慎不明白這個字形是表現一個人在睡覺，竟然解說：此字創意來自早上送走月亮離去的夙字。

疒 ㄔㄨㄤˊ chuáng、疾 ㄐㄧˊ jí

草蓆不能隔絕地面的潮濕，終於改良為睡在高出地面的床上，可以確實隔絕潮氣。但是，有支腳而高出地面的床，起初並不是為給一般人睡覺而設的。甲骨文的疒字①，這個字應該橫著來看，顯然是一個人躺臥在有支腳的床上，有時身上還流汗或流血的樣子。商代的人，一般是睡在蓆子上，生了病才睡在床上。這是非常明顯的事實，所以才分別表達睡覺與生病的意義。

《說文》：「，倚也。人有疾痛也。象倚箸之形。凡疒之屬皆从疒。」許慎不知道這個字要轉個角度來看，誤以為是表現一個生病的人依靠在某物件的樣子。

①

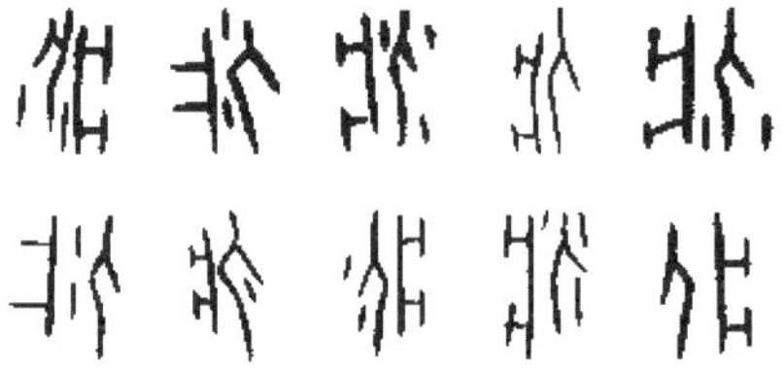

古代的人，死在床上才符合禮儀的要求；因為古人認為如果不死在床上，靈魂就難超生。古代醫學不發達，生了病很容易導致死亡，所以一旦生病，就要做最壞的打算，讓病人睡在床上，縱使死了也不違背禮俗。所以《說文》：「，病臥也。从㝱(ㄇㄥˋ)省，㝲省聲。」睡在床上就有病臥的意思。說明床不是為一般人準備的，而是為了死亡儀式準備的。

這個字的結構，比小篆的夢字多了一把掃把（帚），其實這個字的結構是寢與夢的組合，是病臥而作了夢。生重病的時候比較容易作夢，《論衡．死偽》：「人病，多或夢見先祖死人來立其側。」後來醫學進步了，病人可以在病床上生活很久，甚至痊癒。床逐漸成為大廳的坐具，最後變成寢室的睡覺用具。這個改變大概在戰國時代逐漸形成。《禮記．閒傳》：「父母之喪，居倚廬，寢苫枕塊，不說絰帶。齊衰之喪，居堊(ㄜˋ)室，苄(ㄏㄨˋ)翦不納。大功之喪，寢有席。小功緦麻，床可也。此哀之發於居處者也。」（為父母守孝期間，未葬以前，孝子要住在臨時搭建的棚屋，不能睡床，睡在鋪草墊的地上，用土塊做枕頭，以示哀悼。既葬以後，可以鋪設草席。一年後可鋪用普通寢席。二年後復居正寢，但仍不能用床。直到服喪完畢，才一切如常。）以睡眠用具的不同，做為服喪程度不同的表現。床已然成為一般健康的人的日常寢具了。

夢 ㄇㄥˋ mèng

與疾字的結構相似的有夢字。甲骨文的夢字❶，比較繁複的字形，是一個標出眉目的人，睡在床上，眼睛睜得大大的，好像有所見的樣子。比較簡單的字形，把眼睛省略了，是一個只有眉毛與身子的人睡在床上的樣子。銅器銘文沒有提及作夢的事，所以沒有見到夢字。小篆有兩個字和這個字有直接關係。《說文》：「，不明也。从夕，瞢省聲。ㄇㄥˊ」「，寐而覺者也。从宀从疒，夢聲。⋯凡㝱之屬皆从㝱。」這兩個字現在已合併成為夢字。與甲骨文的字形比較，小篆的字形多了一個宀字和夕字，可以理解是因為作夢大都在屋裡，也大都在夜晚。這個字與病臥的寢字少了一個帚字。這是為了區別作夢與病臥在床的不同意義，而有細微分別。

❶

商代或商代以前的人，通常是在地上鋪設乾草或草蓆睡覺，有支腳的床是為臨死的人預備的停屍處。作夢是人人平日都可能經驗到的事情，為什麼要以躺在停屍的床上而非蓆上來表達字的意義呢？

當古人遇有重大事情需要決定時，如整個氏族要出獵或遷移等，有些民族就會用占卜的方法向神靈祈求提示。但如果該民族有「夢境是鬼神向人們有所指示」的這種信仰，就會祈求神靈於夢境中作指示。作一個能夠記得住的夢，並不是有此需要的時候就能夠發生的。所以有些部族以絕食或吃藥物的方式，讓身體虛弱或精神恍惚，而產生有如作夢的幻覺。我們把覺醒時帶有視覺性的空想叫做白日夢，也是基於同樣的經驗。

由於作夢被視為神靈的感召，做為部族領導人的巫師或酋長，他們負有一族安危的重任，他們所作的夢被認為與大眾福祉有密切關係，自然也特別受到重視。

甲骨文的夢字，特地把作夢者的眉毛畫出來，就是要表達作夢是巫師或酋長需要擔當的事。古文字常以畫出眼睛、眉毛表達貴族的形象。商代的人還認為鬼神作祟與作夢都可能引起疾病，他們認為夢和鬼神有關，是一種精靈感召的現象，所以也可能導致生病。由於他們認為作夢是神靈給予的啟示，所以要用占卜的方法探明到底所作的夢是災難或是福祐。如果是災難，還要探明可以使用什麼辦法禳除災難。

4

住

功能改良，房屋更宜居

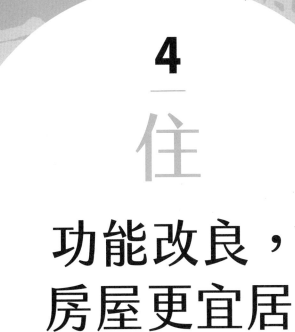

室 ㄕˋ shì

隨著建築技術愈來愈進步，不但有隔間做為睡覺專用的寢，還可以分隔成多個房間做其他的用途。商代把房子內部空間分成三類，除「寢」以外，還有「室」與「廳」。

甲骨文的室字❶，形象是一個房屋裡面有一個至字。這是一個從宀至聲的形聲字。金文字形❷，有時屋內有繁複的兩個並列的至字。《說文》卻把它解釋為表意字：「，實也。从宀从至。至，所止也。」說代表屋子裡人所停留的地方。

室是指稱多用途的空間，甲骨卜辭提到的室有大、小、東、西、

❶

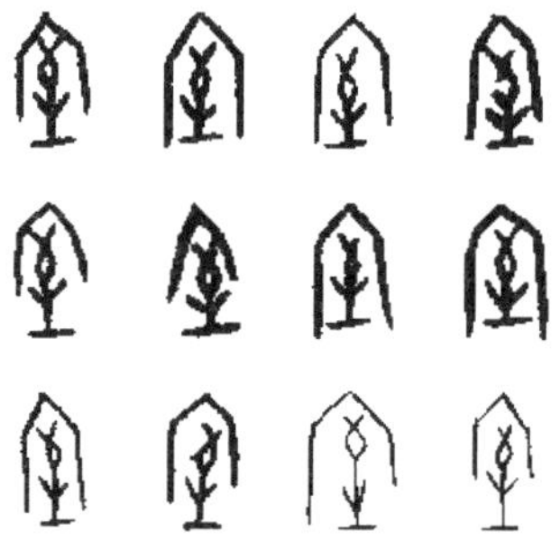

❷

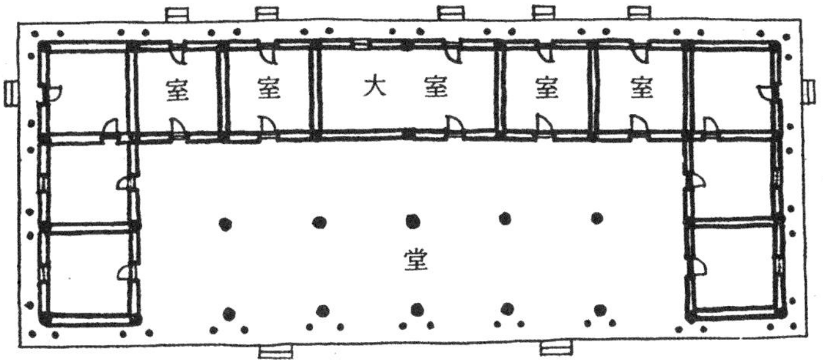

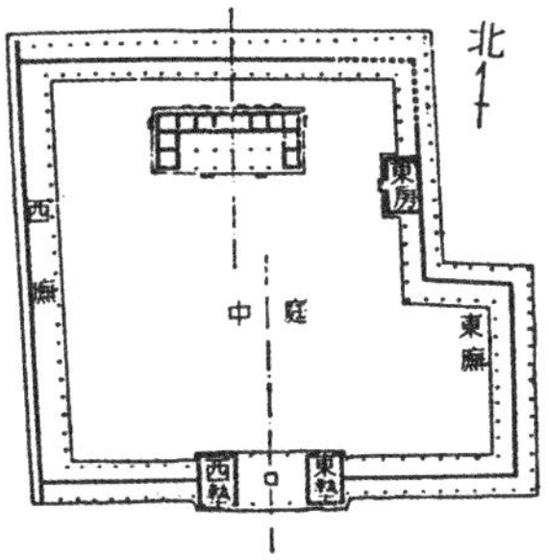

南、中、血、新、司等名稱，顯然一處房子裡有好幾個不同大小、不同方位、不同用途的室。上圖是河南偃師二里頭遺址的一處早商宮殿遺址，整個院落以及基址上隔間經過復原，有十一個房間的隔間。

廳 ㄊㄧㄥ tīng

甲骨文的廳字❶，一個屋子裡有個聽字，「從宀聽聲」的形聲字。甲骨文的聽字❷，一個耳朵與一個或兩個口的樣子，表達耳朵能聽聞口所發出的聲音。至小篆變成的複雜字形。

甲骨刻辭提及盂廳與召廳的名稱，廳指三面有室包圍、面積寬廣的大廳，重要的事件與儀式就在這裡舉行。一棟建築物只有一個大廳，所以盂廳與召廳是不同建築物的大廳名稱。廳字有可能後來被庭字所取代了。《說文》：「，宮中也。从广，廷聲。」

❶

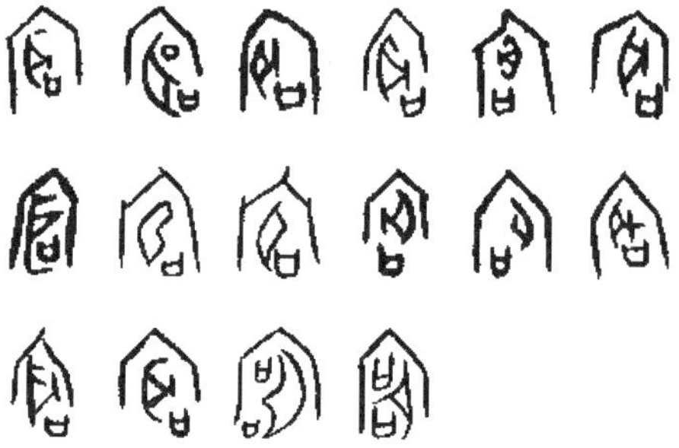

❷

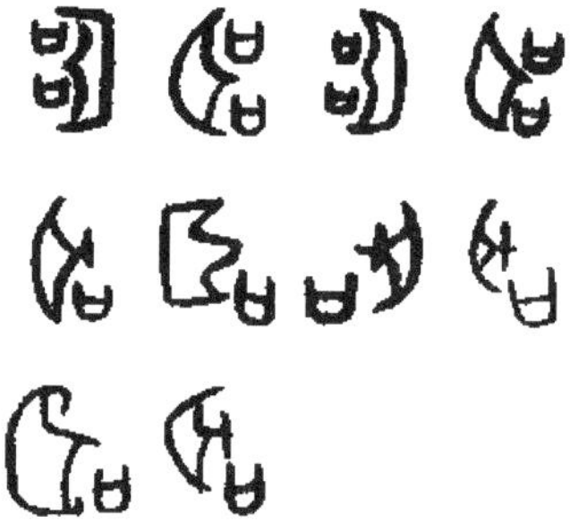

廷 ㄊㄧㄥˊ

tíng

商朝與周朝的行事作風有所不同，商朝在大廳上舉行重要儀式，周朝卻在廳堂之前的廷上。金文的廷字❶，字形變化很多，大致最早的字形是。廷是官員向君王行禮時所站立的地方，在臺階之前。大廳兩旁有兩座臺階，做為上下廳堂之用。臺階一般有三級，所以以三斜畫表示。廷字表達人所站立的三級臺階之前的場所。文字演變的常態，先是在人字之下增加一道短橫畫表示地面，然後人身多一道短橫畫的裝飾符號而成為。接著人身上的兩道短畫離析成為土字，並取代三斜畫而成為。小篆字形又有了訛變，《說文》：「，朝中也。从廴，壬聲。」從金文的字形演變，知道廷字是表意字，不是形聲字。

❶

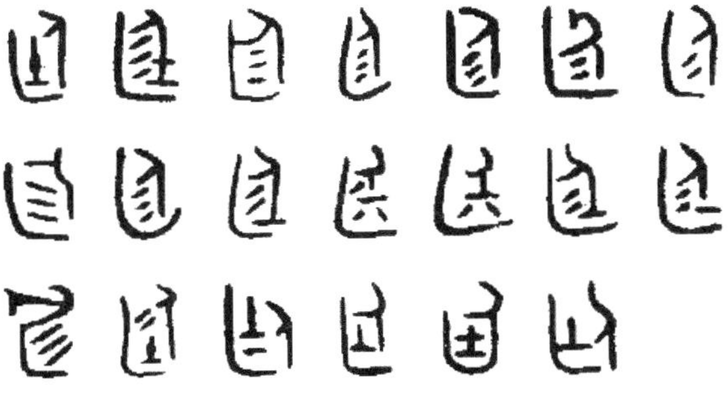

去 ㄑㄩˋ qù

所有的生物都必須把體內不需要的東西排泄出去。一旦人口多了，隨地便溺會對日常生活造成困擾，因此會在不妨礙生活的隱蔽地方便溺。甲骨文有個去字❶，表現一個人雙腳曲折，蹲在一個坑上的樣子。這個字有排除的意義，最合理的推測是蹲在一個坑上大便，把體內的排泄物排放掉，所以有去除的意思。

甲骨卜辭有去雨的占問，就是想知道何時下雨可以離去、停止。去字也引申有離去的意義。所以金文字形❷，有時加上一個止（腳步），使行走離開某地的意思更為清楚。《說文》：「，人相違也。从大，凵聲。凡去之屬皆从去。」以為是從凵聲的形聲字。《說

❶

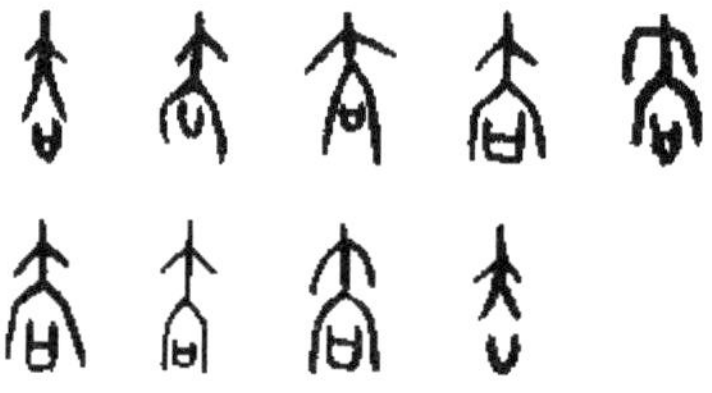

❷

文》：「凵，凵盧，飯器，以柳為之。象形。凡凵之屬皆从凵。𠙴凵或从竹，去聲。」解釋凵字是以柳枝編綴而成的盛飯器的形象。不排除有人會以簸箕收集糞便，利用做為植物的肥料。但在古文字，凵基本是表現一個坑陷的符號，所以解釋凵字為坑陷是比較正確的。

不論是在坑陷或簸箕之上，去字特別表現一個人蹲著的姿勢，這是排泄時最常見的姿勢，所以用它表達排除的意義是很合理、適當的。如果要把雙腳寫成曲折的姿勢，就得轉換筆勢，增加麻煩，所以就漸漸演變為直腳的形式了。同時結構也從包含的形式演變為上下分離的形式，比較難看出一個人蹲踞與坑陷之間的關係了。在雨天的時候要冒雨外出便溺，會感到不方便，如果屋內有足夠空間，自然也會把便溺的地方設在屋內，方便生活。

在《01動物篇》介紹的溷字③，是飼養豬隻的地方。人與豬都是

③

雜食性動物，糞便都是堆肥的好材料，所以人的廁所就規畫設在養豬的地方，以方便收集糞便。一般的家屋，寢室設在西邊的深處，而廁所設在東邊的深處。

雝 ㄩㄥ yōng （雍）

房子的面積愈來愈大，不但設有不同的房間，使內外有別，各有功能，貴族人家更進一步，還會規畫處理公務之外的休閒空間，可以舒解煩悶的心情。甲骨文的雝字❶，最繁的字形由三個構件組合而成。宮，水與鳥。表達一座大型的宮殿院落裡，有流水以及禽鳥，這是非常高級的建築，只有最上級的人才有能力擁有。所以後來最高領袖皇帝的宮苑，就稱為「璧雍」。簡化的字形省略了水，宮也只剩一個口形。

金文字形❷，大都保留了三個構件的結構，而水的形象更為清楚。《說文》：「，雍渠也。从隹，邕聲。」說雝的意義是雍渠鳥

❶

的名稱，結構是從隹邕聲的形聲字。又，《說文》：「⿱巛邑，邑四方有水，自邕成池者是也。从川、邑。讀若雝。⿱巛吕，籀文邕如此。」因為雝字的宮字部分已經變化為邑字，所以才解釋邕字是村邑四周有水的形象。

就以上的訊息看來，雍字的創意是有水有鳥的宮殿，這是最豪華的住家建築物。有的字形省略隹，水又訛成川字，因此才誤會邕字是宮殿的意義，而雝字是從隹的鳥的名字。現在這個字更簡化為雍字了。

已發掘的商代建築，還沒有發現這樣的庭院設計，但西周初期的建築就有這樣的例子。在陝西岐山發現的一群西周早期大型建築遺存，有嚴格對稱的布局，是華北地區四合院設計的直接前身。大門是兩扇式的，門前樹立一座碑，遮擋門外向內探視的視線，保持院內的隱蔽。兩側則是守衛的兩塾。一進門為中庭，然後是堂；堂與商人所

❷

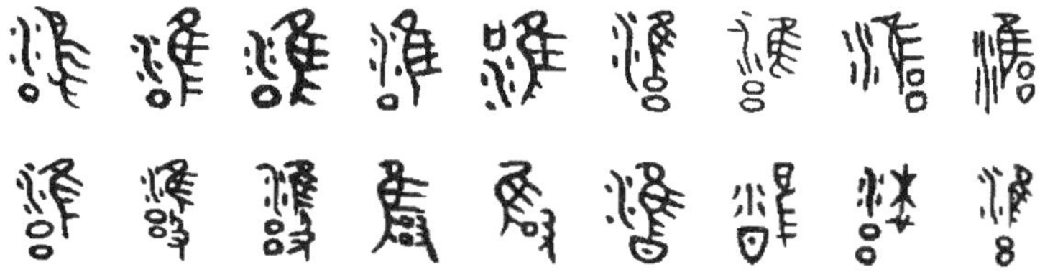

稱的廳，同為行禮、接見客人的所在。堂後是內花園的庭院。中庭及堂的兩側是廂房，共有十九個房間，是住家以及炊煮食物的地方。庭院內有流水經過。依照雍字的創意，想來庭院裡還種植花草、飼養禽鳥，是一處幽雅的所在。

關於庭園設計的發現，有一組唐代十二件的建築群隨葬陶俑，構成一座長方形的兩進院落。包括大門、堂房、後房、六廂房，以及兩院中的小亭、八角亭，還有一件假山等。這件後院中的假山水池，背景為數峰並立的高山，山巒層層疊嶂，怪石嶙峋，山峰之間則有青松挺拔。主峰上一隻小鳥，俯視山下，作展翅欲飛之狀。兩邊的側峰則各站立著一隻鳥，相向好像相對歌叫。山腳下有一池碧水，池底有游魚數尾。池畔又站有兩隻鳥，一上一下引頸暢飲。好一幅人間休閒的仙境美景（如下頁圖）。

一組十二件的唐代的建築群隨葬陶模型。

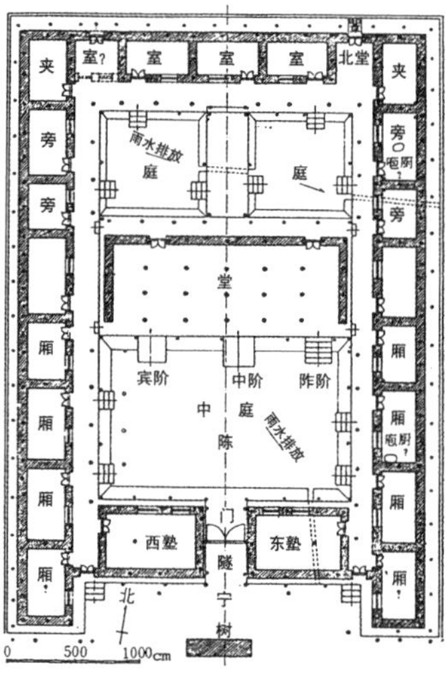

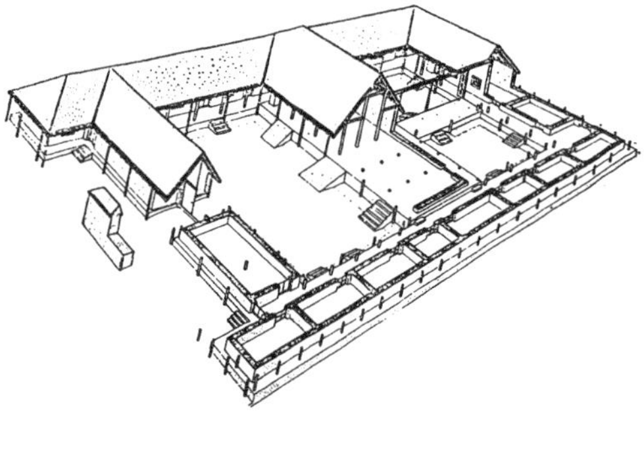

陝西岐山的西周早期建築復原，後庭有流水經過。

容 ㄖㄨㄥˊ róng

金文的容字，看起來是一個形聲字，從宀，公聲。小篆卻改為從宀從谷。就可能有造字的創意了。《說文》：「，盛也。从宀，谷聲。，古文容。从公。」谷字比公字多了兩道筆畫，谷字與容字的聲韻，比公字與容字的聲韻要遠些，沒有必要把常見的公字改為少見的谷字，所以把公字改為谷字，如果不是筆誤而是有意的改變，可能是改變為一個新的表意字的結構形式。

甲骨文的谷字❶，表達很多的水流（表達多道水的分流）碰到阻礙物而分流的現象，這是山谷常見的景象，所以用以表達山谷的

❶

意義。金文字形❷保持不變。《說文》：「，泉出通川為谷。从水半見出於口。凡谷之屬皆从谷。」解釋為泉水分流的形象。容的意義是容納、包容。意義可能表達，居處的面積非常廣大，足以容納有山石與水泉的花園，與雍字的創意很相似。

❷

囿 ㄧㄡˋ yòu

擁有廣大的範圍容納野獸走動、可以騎馬打獵的林囿，比有假山水的庭院更為豪華。甲骨文的囿字❶，形象是一處特定範圍內，分區栽植草木的園藝場所。一般種植穀物的田地，甚至是有經濟價值的林木，都不必如此費心築起圍牆加以保護；這是貴族階級為了打獵行樂所圈圍起來的地方，別人是不能隨意進出的。金文的囿字已經改變為形聲的結構了。《說文》：「，苑有垣也。从囗，有聲。一曰所以養禽獸曰囿。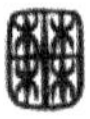，籀文囿。」有了《說文》所錄的兩個字形，才能確定甲骨文的字形是個囿字。

甲骨卜辭有記載商王占問，前往園囿以及園囿中特意栽植的黍是

❶

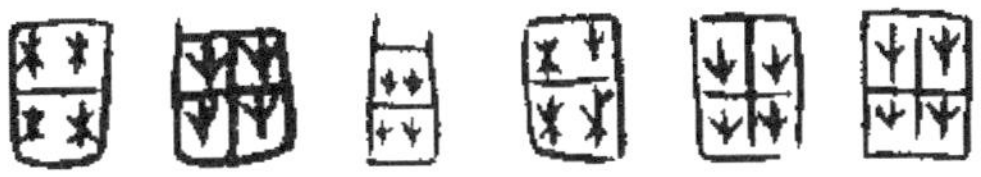

否已經發出了香味。不過，商王不會只看看栽植的黍，主要的目的還是去打獵。

瓦 ㄨㄚˇ

wǎ

瓦是覆蓋於屋頂上的陶器名稱。早期的屋頂普遍使用泥土覆蓋在茅草上，有遮蔽風雨的功能。屋脊是屋頂兩個斜面的交接處，此處的防漏效果要較其他部位差，有必要使用不透水的東西加以覆蓋。譙周的《古史考》說：「夏時昆吾氏作屋瓦。」但是在夏代之後的商代，不但見不到瓦字，也不見有陶瓦的出土。或有可能當時屋脊的覆蓋物是木製的，在地下早已腐爛無存。根據考古發現，西周初期的宮殿屋頂上，開始見到使用陶瓦覆蓋的做法，加強防水效果。周代雖有陶瓦，還沒有見到瓦字。《說文》：「，土器已燒之總名。象形也。凡瓦之屬皆从瓦。」解釋瓦字是一個象形字，為燒製的陶器的總稱。瓦的篆文字形，是表現兩片瓦片相互交疊、扣合起來的形狀。這可能是在屋脊的形象，但也可能是屋面上的形象。兩者的交疊方式都是一樣的。

早期的陶窯，面積都不大，每次燒製的數量有限，成本較高，主要是為了盛水與煮食的目的而燒造。到了西周初年，也許燒陶的技術提高，成本降低，使得貴族階級有財力用瓦覆蓋屋頂，改良防漏的效果。而當時支撐屋頂的木柱，能夠承受的重量有限，所以從瓦的形狀以及殘留的泥土痕跡，知道當時只在屋脊的部分覆蓋陶瓦，屋頂的部分還是傳統的茅草。直到春秋時期的遺址，才發現有較多量的板瓦、筒瓦、瓦當，可以推測那時連屋頂也已使用板瓦與筒瓦覆蓋了。瓦當上有圖紋，與地面垂直，不具避雨的效果，主要是做為展示的裝飾。可能因為屋瓦的造價高，太過奢侈，因此才把屋瓦的創制，歸罪於暴虐奢侈的夏桀時代。

春秋早期，屋瓦仍是貴重的產品，不是人人用得起的。《春秋》記

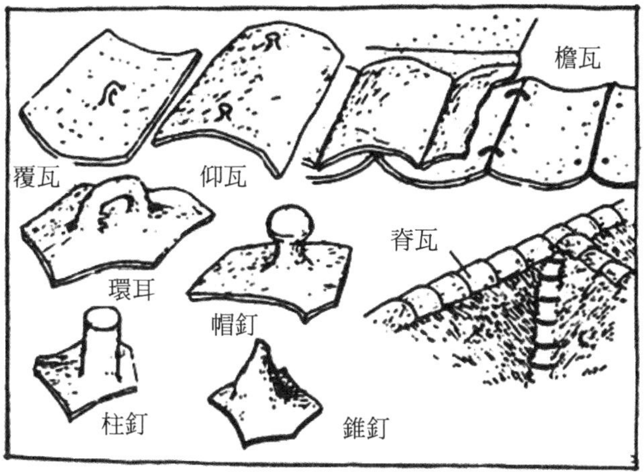

西周早期的屋瓦。

載魯隱公八年（西元前七一五年），「宋公、齊侯、衛侯盟于瓦屋。」會盟的地點是周地的溫，卻寫為瓦屋，可見覆蓋陶瓦的建築在當時是人人曉得的，被視為重要的建築物，所以才不需要寫明地點。到了戰國時代，一般人的房子也普遍以陶瓦覆蓋屋頂了（如上圖）。

5

住

追求更舒適
美好的生活

宣 ㄒㄩㄢ xuān

人們大部分的時間是在屋子周圍活動，一旦有餘力，就想把屋子裝飾得更美觀，不但住起來舒適，也藉以顯示自己的財力。古代的房屋，支撐屋頂的柱子與橫梁都是木料做的，牆壁則是使用泥土堆砌的，兩者都有辦法加以裝飾。

五千五百多年前，華南已使用生漆塗刷在器物的外表以增加顏色與光彩，後來還發現有保護木器不受腐蝕的效果。生漆的顏色是黑的，添加了著色劑就可以產生紅、綠等等顏色，增加彩色的視覺。礦物有不少是有顏色的，也可以研磨成粉末，加水成為顏料，塗刷在牆面上。古人不會忽略這些方面的應用。五千多年前的紅山文化，也已發現有赭紅間雜黃白色交錯的三角紋，以及赭紅色勾連紋的壁畫。

到了商代，普遍使用銅工具，雕刻木器的技術更為熟練，應用雕刻與塗刷顏色的技術來裝飾房屋，就成為必然的發展了。甲骨文的宣字❶，先是迴旋圖案的形狀，後來加上一個房子的符號，表示這是與房子有關的事物。推論這是裝飾房子的幾何形圖案。金文已不見早期的字形  ，圖案也成為更繁縟的相對迴旋紋。《說文》：「，求回也。从二、从囘(ㄏㄨㄟˊ)。囘，古文回。象亘(ㄒㄩㄢ)回之形。上下所求物也。」、「，天子宣室也。从宀，亘聲。」《說文》收錄為兩個字，一個是表意字，一個是形聲字。其實是一個字的早晚字形，是表現屋子裡的裝飾圖案。圖案是為了展示的目的，所以有宣揚、宣示等意義。

商代雖然沒有木器保存下來，但有木器反印在泥土上的色彩與圖案，也有壁畫的殘片，所以知道木柱和牆壁都有色彩的裝飾。從《說

❶

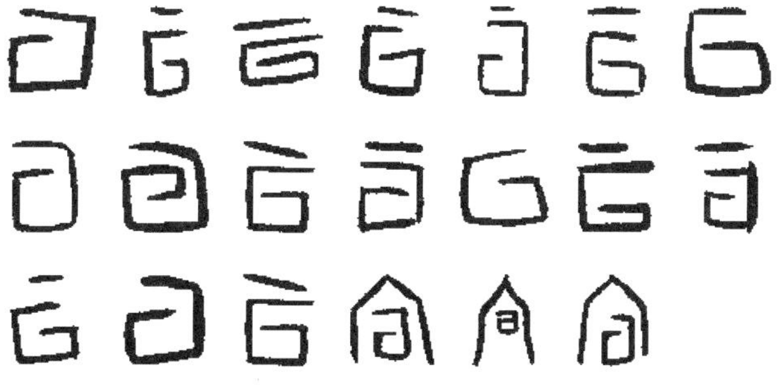

文》解釋宣室為天子的居室名稱，可以了解有這樣裝飾的房子，絕不是大眾百姓所能享受的，是只有宗廟或高級貴族才可能有的。遲至春秋時代早期，甚至諸侯國君的宗廟宮殿，裝飾有丹漆與雕鏤的，也被認為是違犯天子的制度。如《春秋》魯莊公廿三年紀載「丹桓公楹」（紀念父親桓公的宗廟木柱而塗刷上紅色的漆），《左氏》、《穀梁》、《公羊》三傳都以為不是適當的禮儀。到了漢代，「宣室」成為天子的代名詞。很明顯的，有紅色的漆與木刻雕鏤的房間，還是高級權貴的象徵。

我們雖看不到商代王宮的建築如何輝煌，但從戰國人的描寫還可窺見一二。《說苑．反質》引《墨子》說：「紂為鹿台糟丘，酒池肉林，宮牆文畫，雕琢刻鏤，錦繡被堂，金玉珍幃。」（紂王建造鹿臺與像山丘一樣高大的酒槽，像水池一樣大的酒池，像樹林一樣多的肉排。皇宮的牆壁有繪畫圖紋，木柱上有雕刻的圖案，使用刺繡的絲織物懸掛在大堂上，使用金玉奇珍的東西裝飾這些窗簾。）這些描述大致不會離事實太遠。西周《善夫山鼎》銘文：「王在周，各圖室。」（周王在周的皇宮，來到有圖畫裝飾的房間主持禮儀。）圖室應該就是有雕漆、壁畫的行禮大廳。屈原就是見到宗廟牆上所繪畫的歷史故事，對畫的內容有所疑惑，才寫了著名的《天問》。

枕 ㄓㄣˇ

zhěn

「身不安枕，口不甘厚味。」不能安眠，是很令人懊惱的事情。枕頭是關係到能否舒服安眠的重要器物。睡覺時經常會成側臥的姿態，面頰與身子就不在同一個高度，若不用東西墊高面頰，頸部就會疲勞而妨害睡眠的深度，甚至引起痠痛。所以一定要想辦法使睡覺時舒服而長久。古人解決問題時，最常利用的是自己身體的器官，自然就會「曲肱而枕」。這畢竟不是理想的方式，在有了定居生活以後，就要製作耐用的枕頭用具。

可以想像，最早的枕頭是利用表面平整的木頭做的。《說文》：「，臥所以薦首者。從木，冘ㄧㄣˊ聲。」、「，冘冘行貌。从儿出

冂。」木表示製作枕頭的材料，聲符的冘字則可能表現一人頭靠在枕頭而側臥的形象，不像是負擔重物而走路的樣子。冘與枕的聲韻也不相近，枕可能表達以木頭製作的枕頭，不是形聲字。

央 一ㄤ yāng

甲骨文有一個人的名字，其字形❶與金文的央，可看作一個字的前後字形。央字的創意，表現一個正面躺臥的大人，頸部下有一個枕頭的樣子。《說文》：「，央中也。从大在冂內。大人也。央、旁同意。」許慎解釋，央是一個大人站在類似門的物體當中，所以有中央的意義。央字有一個意義是久長，漢代有宮殿取名為未央宮，大概來自《詩．小雅．庭燎》：「夜如何其？夜未央。」意謂歡樂長夜沒有終止。語詞有可能與願望安然沉睡終夜有關。從字形看，冂是一件小東西，人不可能站立其中。與冘字對照，都像是一個人的頭部依靠在一個枕頭上安睡的樣子。冘字表現側臥的形象，央字則表現仰臥的姿態。

❶

《詩經》〈葛生〉篇：「角枕粲兮，錦衾爛兮。」（以牛角裝飾的枕頭很光燦，以絲錦縫製的棉被很燦爛。）表明西周時代的人已普遍伏枕睡覺。角枕是木質的枕頭而裝飾有角質的紋飾，應是比較高級的製品。隨葬時也使用角枕，《周禮．玉府》職掌王的金玉玩好，「大喪共含玉、復衣裳、角枕、角柶。」提及提供讓屍體墊頭的角枕。角是不容易腐爛的物質，那就該是先秦時代墓葬常見到的東西了。不過，先秦的墓葬，有關報告中很少有角枕或任何材料的枕頭。可以推論大多數的枕頭是由竹木或布料製作，都腐爛了。枕頭如果太軟，就沒有墊頭的功能，太硬又使頭頸不舒服。因此在布帛材料普及之後，最常用的辦法是以布囊填充輕軟的屑、殼一類的東西，做成枕頭。如西元前一二二年南越王墓葬中的絲囊珍珠枕，枕頭下就只見殘留的珍珠而已。

宁 ㄓㄨˋ zhù 、貯 ㄓㄨˇ zhǔ

人們有了穿衣服的習慣以後，當然也就需要收藏衣物的箱櫃。在以漁獵採集為主的遠古平等社會，雖然產物公有，沒有必要隱藏貴重的東西，但是穿著的衣物有冬季與夏季的分別，為了避免暫時不會用到的衣服被塵埃、雨露髒污，需要製作箱櫃一類的用具加以收藏。到了經營農業、定居且有階級的社會，對於貴重物品，更需要給予某種防範和保護措施，因而開始製作箱櫃一類的用器。

甲骨文的宁字①，字形是某種器物的形象，幸好另有貯字②，字形是一枚做為交易媒介的海貝，收藏在宁形的器物中，讓我們了解宁字是一件收藏東西的箱櫃。從字形看，本來還以為這件箱櫃是豎

①

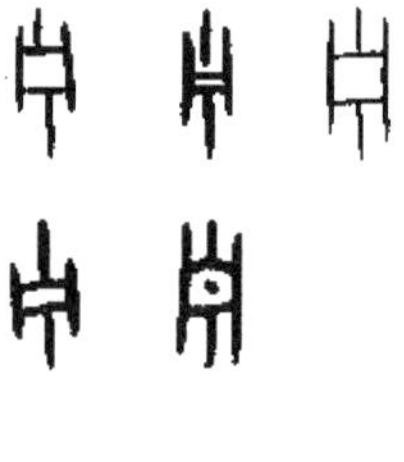

②

立的，但根據地下出土的箱櫃，這個字應該是平放來看。《說文》：「，辨積物也。象形。凡宁之屬皆从宁。」沒有說明是放平或是豎立的。

在今日的湖南與湖北，戰國時代楚國地區的遺址，發現不少如下頁圖示的箱子。身作長方盒形，蓋子呈現拱圓形狀，蓋與身以子母口套合。器的身與蓋的四個角落都伸出一道短的把手，把手的中部還刻有淺的槽道，方便於扣合後再使用繩索加以綑縛。知道宁字就是這類箱子的鳥瞰形狀，上下的三道短畫應是伸出的把手。這類的箱子有用針刺的「紫錦之衣」四字，所以很明顯是做為儲藏衣物用。當然，價值高昂的海貝更需要有如此堅牢的箱櫃儲藏。

朱繪二十八宿漆木衣箱
長 71 公分，寬 47 公分，高 40.5 公分，
湖北隨縣出土。
戰國早期，西元前五至四世紀。

尋 ㄒㄩㄣˊ xún

甲骨文的尋字，是伸張兩手臂來度量某一器物的長度。在所丈量的東西中，有一樣是蓆子。

在《03日常生活篇I食與衣》介紹過卿字，是古代卿士以跪坐姿勢用餐的樣子。用餐的廳堂可能已經打掃得很乾淨，可以跪坐在地上不怕弄髒身子或衣服，但為了保險起見，最好還是跪坐在乾淨的東西上，才不會髒汙衣服。古人晚上在蓆子上睡覺（反映於甲骨文的宿字），白天跪坐在蓆子上。六千多年前的河姆渡遺址，在干欄的建築上，便已發現木板鋪有蘆蓆的痕跡。跪坐在地面上，需要有蓆子。

甲骨文有一個字，一個人跪坐在蓆子上的樣子，這個字後來一定被形聲字所取代了。蓆子既然是家家戶戶都不能缺少的東西，也自然成為有一定規格的商品。甲骨文的尋字❶，字形多樣，共通點是雙手左右伸開用以丈量一件器物的長度的樣子。《大戴禮記．主言》有「布指知寸，布手知尺，舒肘知尋」之言。一寸的長約等於大拇指的寬度或一節的長度，所以一張開手掌就知道一寸的長度。

古時的一寸，約等於現時的兩公分多一點，與大拇指的寬度最相當。西洋的英吋，也源於希臘人指稱拇指的寬度，後來羅馬人才加大而成為一腳步的十二分之一。因為以直豎的拇指度量物件的長度最為方便，所以人們不約而同以拇指做為長度的單位。小篆的寸字，手指之旁有一道短橫畫的形狀。

至於張開手指頭就可以知道一尺的長度，做為第三人稱代名詞的

❶

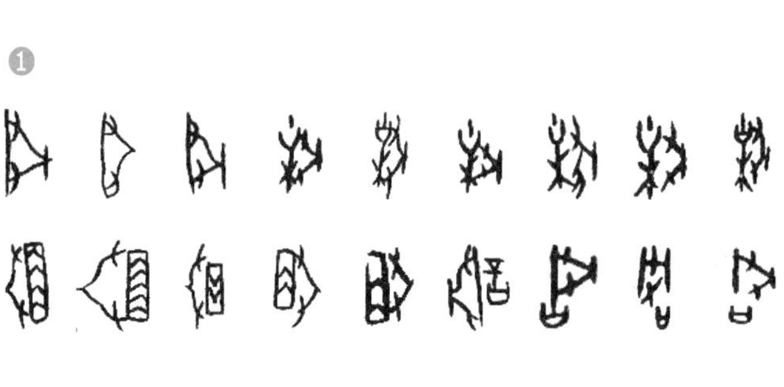

厥字，原來的創意可能就是尺的長度。小篆的字形稍有訛變成。在那種情況下，伸張的拇指的頂端與中指的頂端之間距離為一尺。舒張兩手的肘部，約是一尋的長度，正好說明甲骨文的尋字是伸張兩手臂以度量某一器物的長度，包括丈量蓆子，也因此知道商代販賣的蓆子已經標準化。《說文》：「，繹理也。从工、口、从又、从寸。工、口，亂也。又、寸，分理之也。彡聲。此與𤔔同意。度人之兩臂為尋，八尺也。」許慎知道兩臂之間的長度為尋，但因為這個字的字形已經嚴重訛變，所以看不出有蓆子的形象。

一尋等於八尺，伸張兩手是探求大型器物的長度的最簡便的方法，所以尋也成為長度的單位，引申之而有尋常的意義。此外，伸張兩隻手臂是為了測量某件東西的長度，所以也引申為尋求的意義。古代的八尺，稍短於現在的兩公尺，比一般人的身高更長一些，可以容納一個人在上面睡眠的長度。比較講究的人，又在一般蓆子上面加一層細簟，名為重薦。薦子輕便，可因主客身分、使用目的等不同，隨意移動安放，沒有固定位置。有可能平常置放在寢室，有客人來訪時候才拿出來，依各人的身分安置使用。

丌 ㄐㄧ jī

蓆子不但是跪坐的用具，也可以在蓆子上進食以及書寫文字。所以在廳堂上不需要其他常設用具。俯伏在蓆面上書寫，畢竟有些不方便、不舒適，跪坐的姿勢也不耐久，所以後來就有常設的矮几之類的用具，可以憑靠，在上面書寫。與此用途相關的有丌和几兩字。金文有丌字❶，做為助詞使用，但應該還有其本來的意義。《說文》：「丌，下基也。薦物之丌。象形。凡丌之屬皆从丌。如若箕同。」很可能是正確的，表現有短足的矮几。浙江安吉的商代遺址，發現有高十公分半的銅案足，銎（ㄑㄩㄥˊ）內還殘留木塊，可以看出是屬於一個矮几的殘件。

❶

几 ㄐㄧ jī

中國古代，跪坐是有教養的貴族所採用的坐姿，蹲踞則被認為是一種鄙俗、沒有教養、不禮貌的坐姿。在室內有蓆子可以跪坐，自是應當跪坐，但在戶外沒有蓆子可以跪坐時，竟然也不能蹲踞。《論語·憲問》篇記載，孔子見原壤以蹲踞的姿勢等候他時，非常不高興。江蘇六合的春秋晚期墓葬出土了一件殘破銅片，上有一人坐於矮凳的刻紋（如第150頁圖），河南長治也出土戰國時代的銅匜，線刻武士爭戰以及坐矮凳飲酒的花紋。坐於矮凳大概是少數地區的習慣，中原的貴族們還保持跪坐的姿勢，所以椅子沒有很早在中國地區發展起來。不像埃及，三千三百多年前便已使用椅子。

胡床的名稱屢見於東漢後期及三國時代，描寫武將坐於胡床指揮作戰。推斷胡床是一種輕便而可折疊、垂足而坐的外國人的坐具。在中原，胡床只是臨時性的坐具，大都於郊遊、狩獵、戰爭等野外的場所才使用，偶爾也用於室外，但不是常設的家具。顧名思義，胡床是外族傳來的東西。因為床面是用繩索編綴而成的，所以又稱為繩床。胡床本來是沒有靠背的，華夏民族的病床在成為大廳常設的坐榻以後，也設有屏風的靠背形式。影響所及，就慢慢發展成不能折疊的椅子和可以折疊的交椅兩種式樣。

桌椅成為日常家具以後，床榻又因為笨重，便漸漸退為寢室專供睡覺的臥具了。《說文》：「，凥(ㄐㄩ)，几也。象形。周禮：五几，玉几、彫几、彤几、髹(ㄒㄧㄡ)几、素几。凡几之屬皆从几。」解釋字形表現一件坐几的象形。這是從胡床而演變為矮凳的形象之一。金文雖不見几字，但有從阜從几聲的，大概也是几字的異體，表達在山區野外

的坐具，所以加上山的形象。

江蘇六合出土，春秋晚期的殘銅片上的刻紋，主人坐於凳子上。古代江蘇屬於東夷人的生活區域，可能表現東夷人的習慣。

叟 ㄙㄡ sōu（搜）

人們在室內生活的時間愈來愈長，除了家具，照明是另一必要設施。隨著鐵工具開始使用，產業愈來發達，人們不但日間工作，晚上從事生產以及飲食的時間也愈來愈多，專用的照明用具就變成必需品。

月光是人們於夜晚借用照明的最原始方式，但月光只有在每月十五前後才比較明亮。一旦能控制用火，在沒有月光的夜晚，自然也會利用火光來照明。隨著文明程度提高，人們夜間的活動相對增加，以火照明就益發重要了。

甲骨文的叟字❶，一個人手持火把在屋子裡的情狀，這應該是後

❶

來的搜字，手持火把在屋中搜索的樣子。《說文》：「，老也。从又、灾ㄗㄞ。，籀文从寸。，叜或从人。」因為火把的柄部被簡化成為火字，所以《說文》分析字形錯了，以為是從又從灾，但又不能解釋又和灾如何表達老的意義。

從甲骨的字形可以推測叜字原來的意義是搜尋，因為音讀的關係，假借為叜，又創造從手的搜字。古代的房子低矮，商代及以前的房屋又以茅草為屋頂，如果在室內使用火把照明，有引發火災的危險。所以這是臨時的行為，為了搜尋的目的才使用的。

光 ㄍㄨㄤ guāng

甲骨文的光字①，一個跪坐的人的頭上有火焰的樣子，表達以火光照明時光線的意義。但是火焰是不能用頭頂著，頂著的必是盛裝燃油的燈座。所以這個字表達頭頂燈座以照明的事實。金文作②，結構大致不變，偶而把頂燈的人寫成了女字。《說文》：「，明也。从火在儿上。光明意也。，古文。，古文。」分析火在人上是正確的。所錄的兩個古文字形都有訛化現象。

這個字表明商代在室內有利用火光照明的事實。火光應該出自盛裝燃油的燈座。但是考古發掘，專用的燈具始自戰國初期。這如何解釋呢？或許可以從燈具的形狀去解釋。

①

②

燈座的形狀與盛飯菜的「豆」相似，同樣是高腳、淺盤的器具形。陶製的豆也稱為「登」，而照明的器具叫為鐙或燈，鐙字表明是用金屬材料製作，燈字表示有火光的器具。很可能商代的燈是臨時借用的陶登，所以後來才取名為鐙或燈。絕大多數商代的人一天只吃兩餐。大約早上七時至九時吃豐盛的早餐，叫「大食」。下午三時至五時吃簡單的午餐，叫「小食」。不久太陽便下山而昏暗不明，不能到田裡工作，只好去睡覺，以便次日清早就得去田地工作。

既然夜間沒有經常性的室內活動，就用不著燈具。如果有特別的事故需要照明時，大概就臨時借用盛飯的陶登。借用來點火照明後，又恢復它盛裝食物的功能，因此難以覺察這件陶登曾經一度用作照明的燈具。

春秋晚期以後，由於鐵器大量使用，生產效率大為提高，整個社會面貌起了極大的變化，使得很多人可以在夜間從事非生產性的活動，甚至從事生產。如此就有必要使用專用的照明器具了。光源要高才能照得遠，如用手高舉，容易手瘦而不能持久，最好是用頭頂著。這樣，人體就像一座燈座，既可保持穩定，也照得廣遠。

對於有跪坐習慣的中國人來說，以頭頂燈，是頗為實用的方法。漢代就有陶燈架，外型設計成奴僕以頭頂著燈臺的形象。朝鮮的高句麗時代，墓室也有女侍以頭頂燈前導的壁畫。這些都反映古代有以奴僕頂燈照明的習慣。想來商代已是以這種姿勢來頂燈座照明了（如下頁圖）。

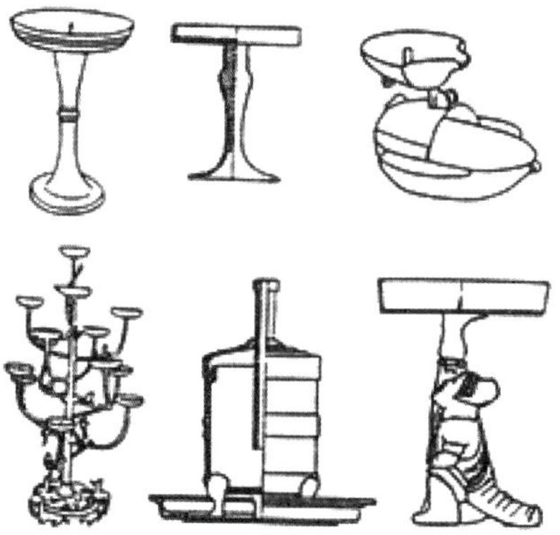

秦漢時代作陶豆形的典型燈座形。

朝鮮墓壁上彩繪的僕人頭頂燈作前導的圖畫。

幽 ㄧㄡ

yōu

甲骨文的幽字①，一個火與兩股小絲線的形象，表達火燒燈芯，光線幽暗的意思。甲骨文幽字裡的火構件已有簡寫的趨勢。金文②，火的形象愈來愈訛化而不像火焰了。《說文》：「，隱也。从山、𢆶（ㄧㄡ），𢆶亦聲。」就誤會為下半為山形，而以為幽字是一個形聲字了。

一個燈座的燈蕊大都是由多條絲線絞成一股繩索。所以燈盤的中間經常見有一支插柱，用來繫綁浸過油的燈蕊。甲骨文表現兩股絲線，想來是為了保持字形的平穩。以燈光來表達幽暗的意義，依此可以推測當時所用的燃料大半是植物油，所以光線微弱而且還帶有黑

①

②

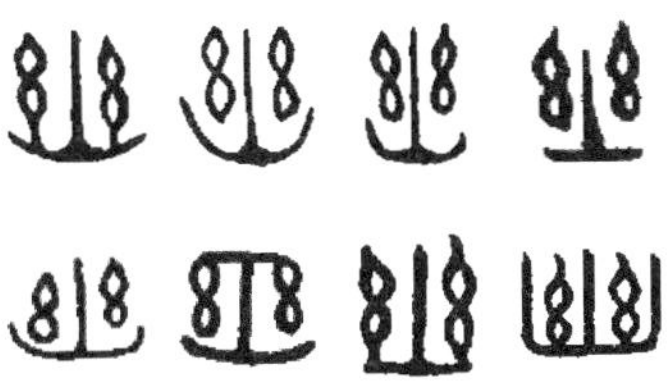

煙。到了戰國時代，發現有些燈盤裡還殘留有油脂的泥狀殘跡，知道那時已改進使用動物性油脂來增加照明的光度。《楚辭·招魂》為招徠亡魂回家而描寫的舒服家居，有「蘭膏明燭」，可知當時使用的燈油或蠟燭裡頭還摻有香味呢！

熏 ㄒㄩㄣ

xūn

人們都想追求舒適的生活，只要經濟許可，住家就要建造得更寬敞舒適，有休閒的空間。從文字可以推斷，起碼從西周時代起，人們還會設法讓屋內的空氣更加芬芳。金文有熏字①，一個兩頭都綑綁住的袋子形象，袋中還有很多東西的樣子。後來字形演變，使得袋子底下好像有火的形象。《說文》：「，火煙上出也。从中、从黑。中、黑，熏象。」許慎分析字形，以為是表現火煙往上燻烤某物的現象。從金文的字形和使用的意義可以推知，這個袋子是一個香囊，裝的是乾燥的、有香味的花瓣之類的東西，不是使用火焰以燻烤某物的現象。香囊可以讓衣服沾染香味，也可以佩帶走動，隨處生香，反映了人們努力改進住家生活，想要過得更舒適、美好。

①

使用香囊的效果和範圍都有限，後來就改良使用燃燒薰草。古文獻經常提到使用的薰草，是一種禾本科的植物，也稱為蕙草或蘭蕙。蕙草自身能放出香氣，也可以使用焚燒的方式使香氣擴散，所以有「薰以香自燒，膏以明自銷」（薰草因為本身有香味而要自己焚燒，油膏能發出光明所以自身要被焚銷）的句子。燃燒薰草需要有容器可以收集燒後的灰燼以免髒污了場地。《說文》：「，大篝也。从竹，監聲。，古文籃如此。」篝是薰衣用具的名稱。所錄的古文字形，表現在房子裡有草（薰草）在一個窄長的燻爐上的樣子。這是焚燒薰草的景象。考古發掘就有長形香薰，可以佐證古文籃字形的創意（如第162頁圖）。

薰草生長於湖南、兩廣一帶，秦漢時代以薰草焚香的做法很普遍。到了西漢中葉，對於閩、廣地區的物產漸有認識，也和西亞較有貿易接觸，知悉龍腦、蘇合等樹脂類的香料。這些樹脂類的香料太過珍貴，不能像薰草一樣直接用火燃燒，所以材料先經過搗打、調合的手續，製成粉末或塊狀的香料，然後才放入爐中焚燒，釋放出香氣。因應這種新的焚燒方式，焚燒的器具也有改變，而有博山爐的製作。這種香爐做成深腹的形狀以容納炭火，蓋子有多處煙孔使氧氣不充分而慢慢消耗香料。梁朝吳均《行路難》有詩句：「博山爐中百合香，鬱金蘇合及都梁。」「玉階行路生細草，金爐香炭變成灰。」具體描寫以博山爐焚燒香炭而成為灰燼的情況。（如下頁圖）

青銅香薰
高 12.7 公分，口 8.5 公分，
戰國中期，約西元前四世紀。

錯金青銅博山爐
高 26 公分，重 3.4 公斤，
河北滿城中山王墓出土。
西漢，西元前 206 至西元 25 年。

6

行

在交通工具發明以前

動物需要外出行動尋找食物，隨著人口增加，人們尋找食物的範圍不斷擴大，活動的距離也愈來愈遠，接觸其他社區的機會也隨之增多。與他人接觸，可以促進經驗交流，加速文明發展，所以人們必須發展交通工具，方便交流。舉凡高度文明的國家，必定伴隨著快速而有效的交通運輸路線。如果沒有快速的交通，政策以及信息就都無法及時下達，難以建立中央控制的政權而成為大帝國。尤其是從事商業活動，如果沒有價廉、便捷的交通，使得交流速度加快、流量擴大、地域增廣，貿易就難有效進行，產業也難以擴展，城市自然也就難以建立起來。

步 ㄅㄨˋ bù 、止 ㄓˇ zhǐ

在沒有發明交通工具以前，人們需要靠自己的雙腳步行才能到達目的地。隨著各種代步工具陸續發明，人們用腳走路的需要日漸減少，但旅行的距離卻增加。甲骨文的步字❶，可以分為兩類，一類是用行走時候一前一後的腳步加以表達，可能是左腳在前，也可以是右腳在前。另一類是加上一個行道的形象，表示行走在人們修建的、有規範的道路上，顯示是有一定目的地的行動，不是隨意遛達。

人的左右腳是一樣的形狀，但相向排列。甲骨文用止字❷表達腳，畫的是左腳或右腳都可以。銅器銘文做為族徽符號使用的止字，

❶

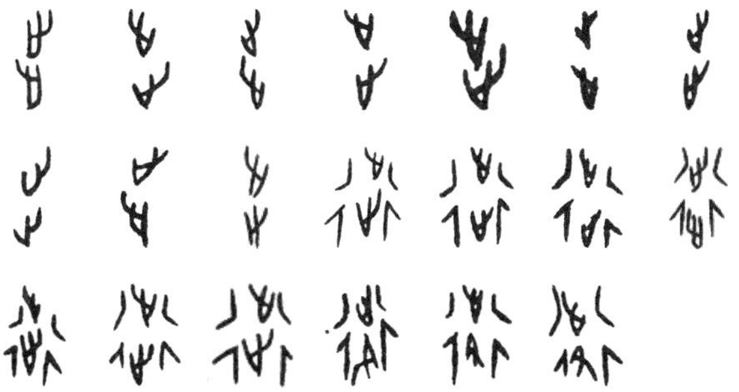

❷

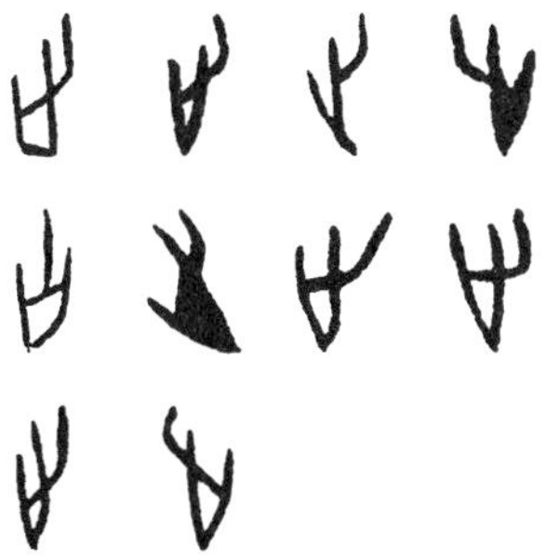

有的畫出五根趾頭，為了書寫快速，大多簡化為三根趾頭，凸出一旁的是大拇指。左腳向右，右腳向左。到了金文的時代，一律以左邊的腳步表達，後來更簡省筆畫，沿續大拇指的一道筆畫而成為。所以，《說文》就誤以為止字是小草從地下冒出的形象：「，下基也。象艸木出有阯，故以止為足。凡止之屬皆從止。」因此又另造趾字，加一個足的意義符號而成為形聲字。

金文的步字❸，字形的樣貌固定是左腳在前而右腳在後。《說文》：「，行也。从止𣥂(ㄊㄚˋ)相背。凡步之屬皆从步。」正確解釋為前後腳步的進行，但應該解說從止𣥂相向而不是相背。相背就沒辦法走路了。

步字還被借使用為營建的長度單位。兩隻腳各跨一步，這是丈量距離的簡便方式。西洋人也有這種簡便的測量距離的習慣，但是指走

❸

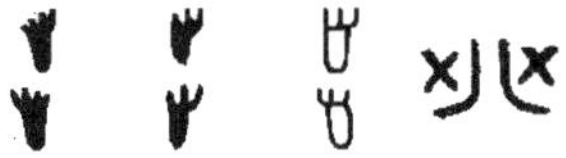

路時的兩腳之間的距離，是「步」字所表達距離的一半。

疋 ㄆㄧˇ pǐ

甲骨文的疋字❶，是腿部以及腳趾頭的形狀。甲骨卜辭有「疾止」與「疾疋」的不同占問。疾止可能偏重雙腳走路的病疾，而疾疋則偏重在雙腳本身的傷痛問題。《說文》：「，足也。上象腓腸，下从止。《弟子職》曰：問疋何止。古文以為詩大雅字，亦以為足字。或曰胥字。一曰疋記也。凡疋之屬皆从疋。」（人的腳。上部像小腿肚，下部採用止的字形。《弟子職》上記述說：問足放在何處。古文中把疋用做《詩經．大雅》的雅字。也把疋用做足字。另一種說法認為，疋是胥吏的胥字。還有一種說法認為疋是記的意思。所有與疋相關的字，都採用疋做邊旁。）解釋正確。《說文》既然知道此字的止是表達人的腳足，在止字的解釋卻成為象艸木出有阯ㄓˇ的形象，豈不矛盾？

❶

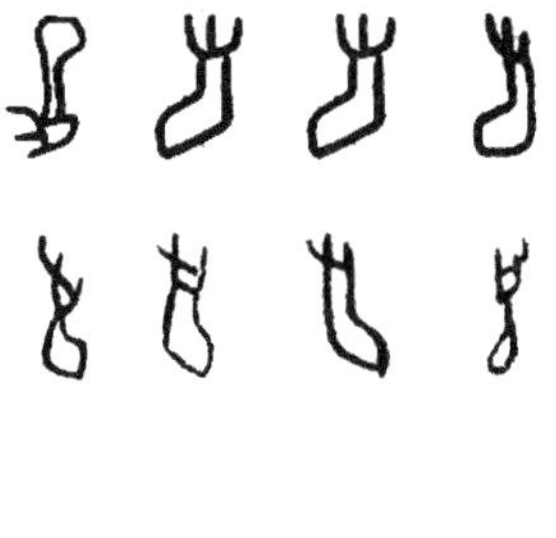

之 ㄓ zhī

甲骨文的之字❶，一個人的腳站立在地平面的樣子，表示這個地點。在甲骨文，之字是指示代名詞，指明雙方（商王與神靈）都知道的地點或事務。之字的後面不加其他的字來說明是何種事務。

與之意義相似的有茲字❷，甲骨文的字形是兩股絲線的樣子。原本的意義不知為何，也借用為指示代名詞，但後面都要跟著一個名詞或動詞，如茲雨、茲用。

金文的之字❸，字形都已經過訛變了，看不出有腳步的形象。所以，《說文》：「㞢，出也，象艸過中，枝莖漸益大有所之。一者地

❶

❷

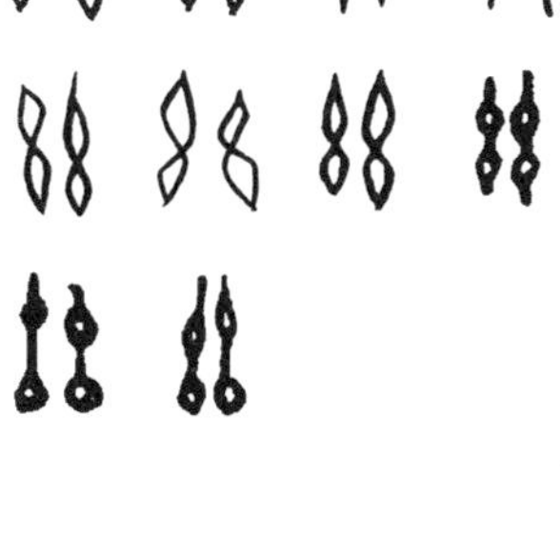

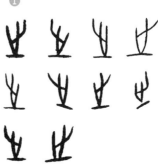

也。凡之之屬皆从之。」雖然看出一橫是表示地面，整體字形卻解釋為地下冒出的草苗已生長得枝莖漸茂盛的形狀。可能就是因為之字的字形，演變成像草已經茁壯長成的樣子，所以許慎解釋止字就像一株幼草剛長出來。

之字除了做為代詞以外，還被廣泛使用，在文法上有諸多作用，例如表示所有或所屬的關係，如「赤子之心」；或表示修飾關係，如「權宜之計」。還被使用為前往的意義，例如前往封國就任為「之國」，前往上任的地方當官為「之官」等等。這可能就與腳步所前往的目的地的創意有關係。

❸

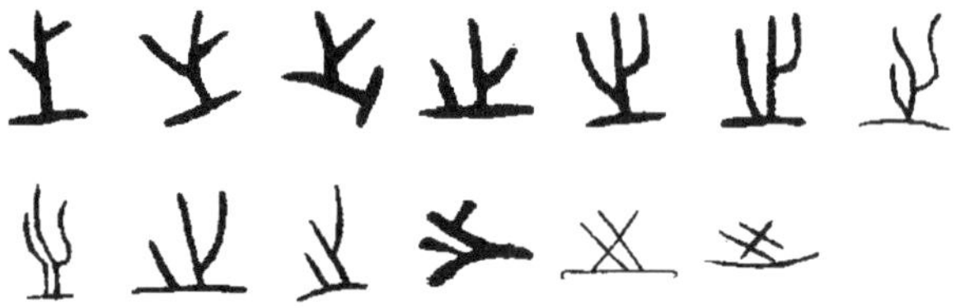

行 ㄒㄧㄥˊ xíng

甲骨文的步字，一個字形作前後的兩個腳步，另一字形還多了一個十字路的形象，因為走路常在行道之上。甲骨文的行字❶，是一條交叉的道路形狀。從金文的字形❷，可以了解原先應該是正十字的道路形象，後來因為書寫快速，就變得歪斜了。行字在甲骨文大都用作軍隊的編制，如上行、左行、右行、東行、西行、大行等。軍隊的行列，不但排列要整齊、表現出受過嚴格訓練的樣子，行進的時候也須儘量保持隊形完整。可以推測，軍隊的編制，一般分作三個行列；直列分上、中、下行；橫列則分左、中、右，或東、中、西行。如果有特殊情況，就作五個行列的大行：上、中、下、左、右，或上、中、下、東、西。沒有南行與北行的編制。

❶

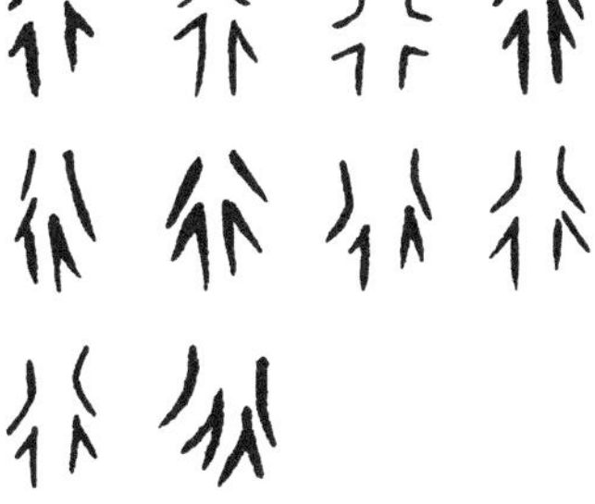

❷

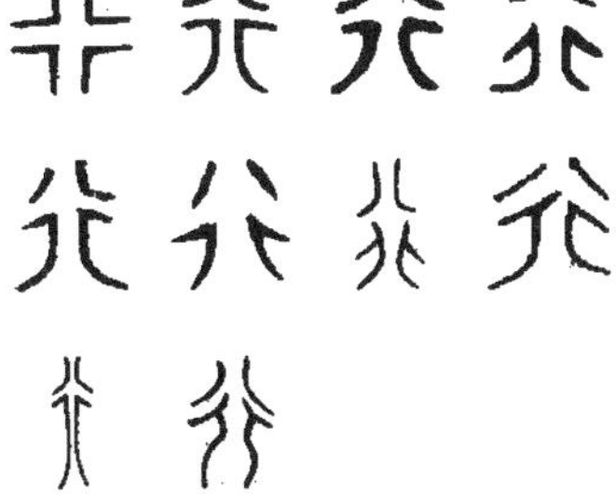

行道是經過規畫建造出來的道路，不是任意走出來的羊腸小道。道路原先是人們為了方便省事所走出來的途徑，可因地勢的高低盤旋而自然、不規律的伸延。但是後來，尤其是車子發明以後，為了讓快速的馬車能順利快速前進，並且保證安全，就得對行道加以治理。特別是為了急速到達目的地的軍事需求，更要講求道路平直，方便車馬奔馳和緊急信息傳遞。所以，《詩經．大東》描寫：「周道如砥，其直如矢。」（周朝的道路有如磨刀石那麼堅硬，有如箭桿那麼筆直。）既然行字是與軍事的編制有關的事務，就該是表現筆直的道路而不是歪斜的自然步道。《說文》：「，人之步趨也。从彳、亍（ㄔㄨˋ）。凡行之屬皆从行。」解釋為人之步趨，應該是不正確的。行字沒有包含人的形象，應該是人所修建、供行走的筆直道路。

在以行道做為造字創意的字群中，十字的道路形狀常被簡省一半，以彳或亍表達，如：逆  、遘  。後來分析

字形的結構，才有彳與亍字。在古文字裡，彳、止、辵這三個構件是經常可以相互替代的。《說文》：「辵，乍行乍止也。从彳、止。凡辵之屬皆从辵。讀若（段注曰衍文）春秋傳曰：辵階而走。」解釋為乍行乍止（走走停停），應該是過度猜測。

道 ㄉㄠˋ dào

道字的意義也是建造出來的寬大道路。而行則可能是指一般的道路。後來又有「行道」這個複辭。金文的道字❶，由三個構件組成，行、首、又。綜合之，字形表現的是一手拿著一個首級在道路上行走，可能有導行的意義。後來才簡省成為辵與首組合的道字。

《說文》：「，所行道也。从辵、首。一達謂之道。，古文道，从首、寸。」解釋為別無旁道，只通往一個目的地，恐怕不是創造文字時的本來意義。原來創意應該是導字。《說文》：「，導，引也。从寸，道聲。」

❶

《02刑罰篇》介紹過縣字。是古代有把罪犯的頭砍下來懸掛在城門的習俗。導字是表達一隻手拿著一個罪犯的頭，在人來來往往的熱鬧行道上，這是前導列隊前往懸掛地點的行為。等於後來的大街示眾，讓更多人看到，警告有心犯法者。道字應該是眾人行走的大道，而不是比較少人行走的小徑。

途 ㄊㄨˊ

tú

甲骨文的途字❶，是余字與止字的組合。余字是使者所持拿、代表其身分的使節形象。外國來的使者嚴禁與本國無業務來往的人接觸，以防止有勾結不利於本國的事發生，所以使者所走的路也是大道，並非可以隱藏身分的隱蔽小路。《說文》沒有收這個字。後來編輯的《廣韻》：「途，道也。」就收進去了。以古文字止與彳可以相通的規律來看，甲骨文的途字也可能是徐字。《說文》：「，安行也。从彳，余聲。」大概外國來的使者走路都不慌張，所以借以創造安行意義的徐字。

❶

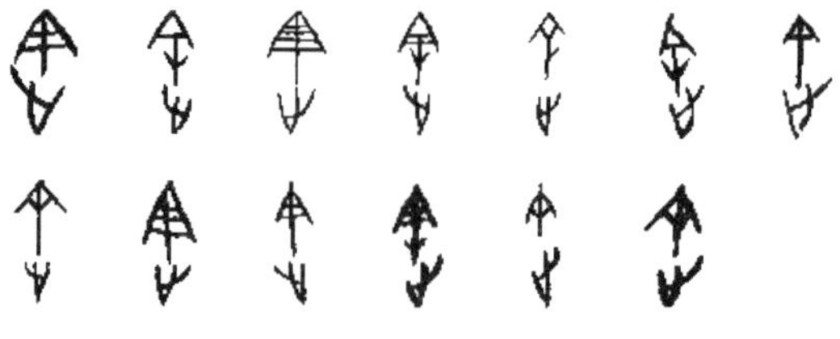

走 ㄗㄡˇ

zǒu

以雙腳行走，可以依需要控制行走的速度，一般是依自然的步伐，不疾不徐的走。但遇到有急事時，就得加快腳步，才能早點到達目的地。甲骨文的走字❶，是一個人快步走路時，兩手需要前後上下擺動才能有效快走的形狀。到了金文的時代❷，就在甲骨文的字形之外加上彳、止與辵的符號，或甚至作重複走的形象。小篆之後就定形了。《說文》：「，趨也。从夭、止。夭者，屈也。凡走之屬皆从走。」走的意義本來是快步行走，後來意義轉為一般的走路，快步就稱為跑。但閩南語，快步還是保留走的語音。

❶

❷

奔 ㄅㄣ bēn

如果還要走快一些，就是奔字了。金文的奔字❶，在揮舞的雙臂之下，加上三個止的腳步符號，表明是非常快速的奔跑，使得腳步看起來有如多隻腳在進行的樣子，有如電影表現快跑的慢動作。到了小篆，把腳的符號止，錯寫成青草的中，所以不能看出真實的創意，而以為是形聲字。《說文》：「，走也。从夭，卉聲。與走同意，俱从夭。」奔字和卉字的讀音完全不同部類，所以可以肯定不是形聲的結構。

❶

遲 ㄔˊ chí

在路上行走的人群有各種的形態，可以借助來創造文字。甲骨文的遲字❶，字形可以分析成兩部分，一是行道，一是兩個相背的人形。這是表達兩個人走在道路上的情景。行道可以寫在兩人之前或之後，兩人也可以是面對或背著行道，表示這是一個表意字而非形聲字。這兩個人永遠寫成相背的方向，而且是一上一下。在常見的習俗中，這是一個人使用背椅之類的工具，背負另一個人或運輸重物的情況。人需要被背負著行走的，通常是不會走路的小孩，或腳力不行的老人。古代有個習俗，要把老人背上山去，讓老人在山上等待死亡來臨。因為背負重物，所以走起路來比起一般人的速度要緩慢，借來表達遲緩的意義。

❶

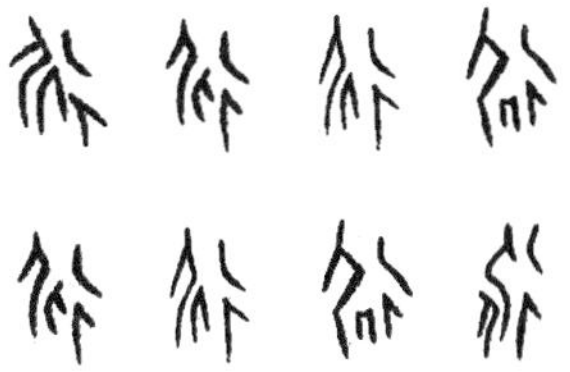

到了金文❷，底下的人形變成辛，大概是變成形聲的形式。《說文》：「，徐行也。从辶（辵），犀聲。詩曰：行道遲遲。，遲或从𡰥。，籀文遲从屖。」把金文遲字的罕見聲符，換成了常見的犀聲。而所錄的或體字形，作從辵從𡰥。東周時代常以二表達重複的字形，因此讓我們可以確定這個字形就是從甲骨文的遲字演變來的。

❷

後 ㄏㄡˋ hòu

甲骨文的後字，表達一根繩子綁在一個人的腳上。這是對待罪犯常有的事，雙腳被綁住了，行動就不方便，要逃走就比較困難。這樣走路，比正常人走得慢而後於人，所以有後、晚的意義。古代以這種方式帶領罪犯去從事勞役，也是行道上常見的形象，所以金文的後字❶，就加上一個彳或辵的符號。口本來常做為填充空間的裝飾符號，少數也加在字的中間，最後一個字形就是這樣的例子。不熟悉字形演變的人就認不出這個字形。

《說文》：「，遲也。从彳、幺、夊。幺、夊者，後也。，古文後。从辵。」就完全沒有解釋何以字形有遲後的意義。由走

❶

在人之後的意義，引申為時間或地點的副詞，例如在某事件發生以後的事，或在某個地點的近旁的後面。從這個字形我們可以知曉古代有讓罪犯在路邊工作或修築道路的措施。

衡 ㄏㄥˊ héng

甲骨文和金文還沒有出現衡字，從《說文》所錄的古文與小篆字形也可以看出另一種路上的景象。《說文》：「，牛觸橫大木，从角、大，行聲。詩曰：設其楅衡。，古文衡如此。」這樣的解釋可能有錯。古文字形表現一個人頭上有一個罐子的形象。古文衡字的下部是一個大人形象的大字，上面的部分應該是甾字的簡化。甲骨文的甾字❶，原先是作一個由竹片編綴而成的竹籃一類的器物，假借為西的方向。到了金文演變為兩個字，一是甾字，大致保持原有字形。《說文》：「，東楚名缶曰甾。象形也。凡甾之屬皆从甾。，古文甾。」意義已轉為東楚的缶的名稱。另一個是西字，金文的字形❷，承續甲骨文的簡化字形，形象已經變得難以看出是一個籃子

❶

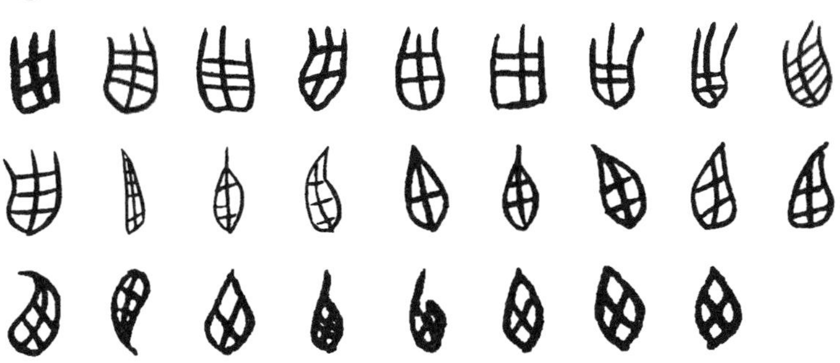

的形象。《說文》：「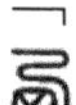，鳥在巢上也。象形。日在西方而鳥西，故因以為東西之西。凡西之屬皆从西。，西或木、妻。，古文西。，籀文西。」誤以為這個字是在表現一隻鳥窩在一個鳥巢上的形象。所以，衡字的大人頭上的是籃子一類的器物形象。

為什麼大人的頭上頂著一個籃子，會有平衡的意義呢？這和婁字的創意相近。頭上頂著器物，是很多社會都可以看得到的現象。如果東西有點重量，就比較穩定而平衡，不會搖晃。如果頂的罐子是虛空的，器物就比較難保持平衡，所以要用雙手扶住。如果不必用手扶住，就表示頂著的器物能保持平衡而不會掉下來。平衡是一種抽象的概念，不容易用圖畫表達。古人竟然利用頭頂著器物的經驗來表達平衡的概念。頭頂罐子或籃子，也是道路上常見到的景象，所以小篆的字形就加上一個行道的符號行，而成為現在的衡字。小篆的字形把籃

❷

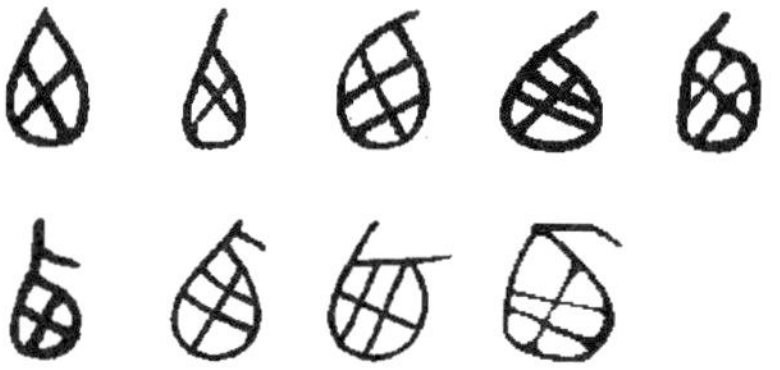

子的形象誤寫成了角字，所以才附會說是表達牛碰觸橫大木的形象。這個字明明是大人的形象，卻解釋為牛。

小篆的字形多一個行道的符號，因為行字與衡字的聲韻不同類，所以此處的行不是聲符，而是表現頭上頂著重物，是行道上常見的景像，如搬運工人在工作的樣子。

婁 ㄌㄡˊ lóu

金文的婁字  ，第一個字形是一個女人  用雙手扶住頭上的一個器物。婁的意義是虛空，這種抽象的意義需要利用生活經驗去表達。結合字形，這件被雙手扶住的器物應該是罐子之類的東西。很多地方婦女使用陶罐頂在頭上運輸水。當罐子還沒有充裝水的時候，是虛空而重心不穩的，因此要用雙手扶住。如果裝滿了水，罐子就有重量而重心穩，不需用手扶住，像衡字一樣。使用雙手扶住的罐子是虛空的，所以就以這個經驗創造虛空的意義。

婁字的第二個字形有些訛變 ，但因為有第一個字形可以比對，還可以看出多了一個繩子  的符號以外，右邊的字形還是表現

一個婦女雙手扶住一件器物的形象。《說文》：「，空也。从毋、从中、女。婁空之意也。一曰婁務，愚也。，籀文婁。从人、中、女，臼聲。，古文婁如此。」所錄的籀文，可以看出是承續金文的字形而稍有變化。許慎沒能說出字形所表現的是何種形象。現在從古代的生活習慣可以充分了解，這個字的創意來自頭頂著虛空的罐子。

疑 一ˊ

yí

甲骨文的疑字①，起初是一個站立的人頭向一邊，張開嘴巴的樣子，後來覺得表意不清楚，就將手持拐杖的樣子加上，表明這是一個老人的形象。但這樣還是不容易表達猶疑的意思，於是加上一個行道的符號，表達手持拐杖的老人，辨識道路的能力比較差，來到一個有分叉的道路時，轉頭四望，張口猶疑，不知選擇哪一條路走去。這是迷路的老人常見猶疑不前的形象，用來表達遲疑未定的意義。

到了金文的時代，就加上一個牛的音符，使得讀音也清楚。同時在形道上（彳）加腳步（止）的常態變化，而成為繁複的字形

①

❷。到了小篆的時代，就成了意義相關的兩個字。《說文》：「，未定也。从匕，吴聲。吴，古文矢字。」「，惑也。从子、止，吴聲。」𠤕疑的字形把手持的拐杖解釋成了匕（化），就無法表現老人的形象，也說不出變化與遲疑未定的意義之間的關係。至於疑字裡頭的子，比較甲骨與金文的字形，就可了解是彳的訛變。所以《說文》沒有辦法解析字形與字義之間的關係了。迷路是老人記憶衰退的現象之一，古人壽命比今人短得多，似乎記憶衰退的症狀也比現代人早得多。

❷

7

行

水路交通工具的製造與應用

古人在沒有遷移到平地居住以前，沒有使用交通工具的必要，不良於行的人就要麻煩別人背負。一旦發展到平地來居住，路途遙遠的地方，多些時日就可以到達，沒有借重交通工具的迫切感。但是居住於湖泊池沼地區的人們，面對不可跨越的水流，就要想辦法製作跨越河流或在水上行進的工具，以便在水上捕魚，或到隔絕的遠地尋找生活所需的材料。舟楫是該地區的人們必要的謀生工具，理論上，舟楫的發展要早於車駕。

涉 ㄕㄜˋ shè

不論是在平地或沼澤地區，生活中都會有面對水流難題的時候，水不深的話，涉水而過自不成問題。甲骨文的涉字❶，一前一後的兩個腳步跨越一條水流的樣子。水流的表達多樣化，有只作一條彎曲的線條，有的加上幾滴水點的形象，或作兩條彎曲的寬廣的河流形象。本來前後的腳步應該分別在河流的兩邊，才是進行涉河的動作。有的字形作兩個腳步都在河流的一邊，這是還沒有踏進河流的形象，可能是錯誤的寫法。

金文的涉字❷，腳步的形象已經不很像，但腳步都分別在水的兩旁。有時怕河流的形象不清楚，就再加一道水流的形象。《說文》：

❶

❷

「，徒行濿水也。从林步。，篆文从水。」把兩個腳步都寫在一邊，就顯現不出徒步涉水的原意了。

瀕 ㄆㄧㄣˊ pín、頻 ㄆㄧㄣˊ pín

如果碰上水流急湍或深邃寬廣而又沒有舟船可以橫渡的時候，一般人就穿著衣服涉水而過，到了對岸，再用火把衣服烘乾，也就可以再上路了。但是對於一個有身分的貴族，可就沒這麼簡單了。金文的瀕字❶，表達一位貴族面臨一條大河流，兩隻腳步都在河岸的這一邊。要了解這個景像表達的意思，首先要了解「頁」這個字。

甲骨文的頁字❷是一個跪坐的人，而且把整個頭部形狀給描繪了出來，有時連眉毛的細節也表現出來。基本上，這是要強調此人的貴族身分，有別於一般人的形象。《說文》：「，頭也。从百ㄕㄡˇ、从儿。古文从首如此。凡頁之屬皆从頁。」說頁字是表現一個

❶

❷

人的頭。雖然不錯，但沒有更進一步指出是要表達貴族的形象。綜合甲骨文和金文包含有頁字的表意字群，都是偏重於貴族的行事。如《03日常生活篇I食與衣》第八章〈服制與飾物〉中介紹的履字，就強調穿鞋子是有頭臉、有眉毛的貴族的形象。一個貴族面對沒有舟船的河流時，不禁皺起眉毛來考慮，到底要涉水而過或是不過去呢？皺起眉毛來思考問題，是生活中經常會有的動作，很有必要創造文字來表達。但是，皺眉頭的模樣，很難生動的畫出來。創造文字的人就很巧妙的借用貴族面對河流的景象，來表達皺眉的意義。

《說文》：「，水涯人所賓附也。顰戚不前而止。从頁从涉。凡瀕之屬皆从瀕。」解釋從頁從涉非常正確，但這是還沒有涉水以前的景象。一旦涉河了，就表示已下定決心，不怕弄溼衣服或有溺水的生命危險，就不會皺眉頭了。所以金文的瀕字，就表現雙腳在水的同一邊的形象。後來為了文字的結構朝方正的方向演變，才成為小篆的從涉從頁的字形。但有人誤以為瀕字是從水的形聲字結構，所以又分析字形，創造頻字，或說是瀕字的省略字形，並給予「頻臨」、「頻頻」等意義。

舟 ㄓㄡ zhōu

面對水流，眼看對岸有可以利用的生活物資，聰明的人就想到解決的辦法。戰國末年的《考工記》說：「知者創物，巧者述之、守之，世謂之工。百工之事，皆聖人之作也。鑠金以為刃，凝土以為器，作車以行陸，作舟以行水，此皆聖人之所作也。」（智慧的人創造器物，心靈手巧的人依循其法，守此職業世代相傳，叫做工。百工製作的器物，都是聖人創造的。熔化金屬來製作利刃，使土堅凝來製作陶器，製造車子在陸地上行進，製造船隻在水上行駛，這些都是聖人的創造。）那麼聖人是因什麼靈感而創造出舟船呢？根據《淮南子．說山》：「見窾木浮而知舟。」以及《世本．作篇》：「觀落葉，因以為舟。」認為是受到水中漂浮物的啟發。

浙江餘姚河姆渡的第四文化層，六千多年前的遺址，已發現有木槳。木槳是滑動舟船前進的工具，所以可以肯定那時候已經有舟船了。可以想見人們最先是利用樹幹，把樹幹挖空，就成了獨木舟。獨木舟的穩定性差，而且載重量不大。雖然還可以聯合幾根樹幹編結成為木筏，但載重量還是有限，水也會滲透木筏表面，沾濕東西，並不理想。後來人們便懂得集合許多木板拼裝成有艙房的船，不但可以使行進的穩定性增高，而且載重量較大，達到水運所要求的經濟效果。

甲骨文的舟字❶，很容易看出是描繪一隻舟船的樣子。舟字的線條是彎曲的，從來沒有看過俯視的船身是彎曲的，所以應該是立體的形象。但這不是獨木舟的形象，是使用很多塊的木板編連起來、有艙房的樣子。金文❷把表示船艙的線條有所省略。小篆的字形把船一端的線條變歪曲了。《說文》：「舟，船也。古者共鼓貨狄刳木為舟，剡(ㄧㄢˇ)木為楫，以濟不通。象形。凡舟之屬皆从舟。」許慎知道這是象形

❶

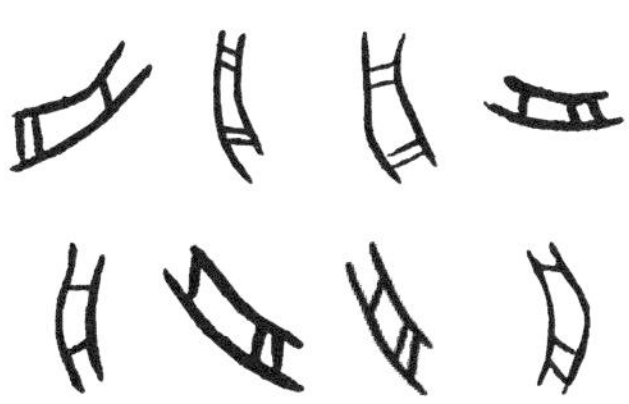

❷

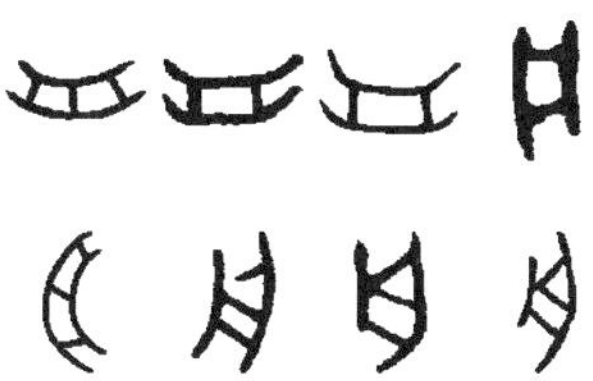

字，提出共鼓貨狄刳木為舟的發明，但沒有說清楚這個字形已經不是表現早期獨木舟的形象了。舟是比獨木舟更進步的，以木板連結起來的，我們從朕字可以得到證明。

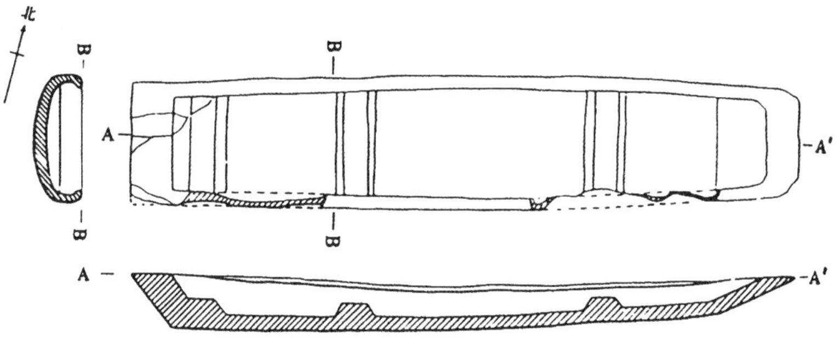

三千至四千年前的獨木舟。

朕 ㄓㄣˋ zhèn

甲骨文的朕字，已假借為第一人稱代名詞使用，幸好有《考工記》使用的字義，才讓我們可以推測創字者的用意。甲骨文的字形❶，舟的旁邊有兩隻手拿著一件工具的樣子。金文的字形❷變化比較多。首先是一如很多字，在直線的中間加一個圓點 ，或兩隻手與直線連合而變形 。接著的變化是直線兩旁多了對稱的斜線 ，這也是經常見到的演變現象，結果就成了小篆的火字的形象。

《說文》：「，我也。闕。」闕的意思是不明白字形如何表達我的意義。《考工記．函人》使用朕字代表甲胄縫綴的隙縫的意思。這就讓我們理解創意了。獨木舟之後的改進方法，是使用很多塊木板拼

❶

❷

接而成船隻。木板與木板拼接，必會有接縫。可以推論，由船板的縫隙引申為一般的縫隙，再假借為第一人稱代名詞。所以朕字是用雙手持拿工具填塞船板間的隙縫，表達隙縫的意義。

河姆渡的遺址已經發現有企口板。所謂企口板是在木板的兩側開鑿出企口，以容納另一塊有梯形截面的木板，讓兩塊木板可以緊密銜接成沒有隙縫的平面。但是水還是能夠滲透進來。如果沒有辦法將隙縫完全密封住，滲透進來的水終究會使船隻沉入水中，失去作用。所以一定要有辦法將隙縫密封。某些地方是在木板上穿孔綁繩子，然後再使用特殊的樹皮塞進隙縫，樹皮一碰到水就會膨脹得沒有空隙，因此船隻可以安然航行水上。但是中國並沒有木板穿孔等記載，一定另有辦法。

在浙江餘姚河姆渡一個五千五百年前的地層，出土了一件有紅色塗料的木碗。上海青浦一個五千五百年以上的遺址，發現一個彩繪的黑皮陶豆，經過紅外光譜分析，證實是生漆的彩繪。這些遺址都在適宜漆樹生長的潮濕地區，應可認定中國地區確有使用生漆。生漆的漆液取自漆科木本植物的樹幹，經過脫水加工提煉，成為深色黏稠狀的液體。把這種濃稠的漆液塗在物件表面，等到溶劑蒸發即成薄膜。空氣愈潮濕則漆液愈容易凝固，凝固後具有高度抗熱和抗酸功能。這類生漆也可以用來填補隙縫，使木板拼合處不會滲水，符合造船需求。理論上，五千多年前，中國已具有製造舟船的必要技術。因為舟船的輪廓與鞋履的外形相似，或以為朕字是表現雙手拿針縫鞋而留下隙縫的樣子。但是，使用細小的針縫衣，不必使用雙手拿針，可見造船的解釋比較合理。

從文字可以推論，商代已使用木板組合製造船隻。防止木板接合之處漏水，是造船困難之處，也是一種特別的技術，不是人人能掌握的。所以，到東漢時候，雖然造船技術已進步到能建造多階層的樓船，但是獨木舟還多次發現於江蘇、浙江、福建、廣東、四川等水鄉地域的秦、漢遺址。

凡 ㄈㄢˊ fán

從刳斲木幹做成僅可容身的獨木舟，到應用木板組合成船隻，再發展到戰國時代的二層樓船，乃至於東漢時代可以容納兩三千人的十層樓船。在演進過程中，帆的應用是很重要的因素。船行經急湍，不易控制穩定性，容易造成翻船事故；利用布帆調整風力，在平緩的水流能以較快的速度行駛，在急湍中也能減低速度防止翻覆。《戰國策．楚策》記載張儀游說秦王的話語：「秦西有巴蜀，方船載卒，……下水而浮，一日行三百餘里。里數雖多，不費汗馬之勞，不十日而距杆關。」當時的船能達到一日三百里的航速，肯定是借助於風帆的效果。

甲骨文的凡字①，由於在甲骨卜辭當做風字使用，可知是帆的字

①

源，字形是一面布帆的形象。凡字也當做風字的聲符使用，亦可看出帆的設施對於風的作用。一般製作帆的材料是纖維織成的布，所以後來加上意符的巾而成為帆字。

金文的凡字❷維持甲骨文的字形。《說文》：「，最括而言也。从二。二，耦也。从己。己，古文及字。」小篆的字形已起了相當的變化，所以分析為從二從己，看不出原來的形象。凡的意義屬於語法的作用，應該來自其他字義的假借。帆是物體，比較容易創造為象形字。船的結構愈是複雜，帆的形制也相對複雜。

開始時，帆的裝設是固定的，只能利用順風航行，一旦風向的角度偏離了，就沒有辦法使用。到了戰國初期，以當時越國攻打吳國採用沿海路線，估計應該已經使用可調整方向的帆了，否則無法航行於波浪驚濤的海洋。三國時候航行於南海的海船，依據描述：「隨舟大

❷

小或作四帆，前後沓載之。有戶頭木，葉如牖，形長丈餘，織以為帆。其四帆不正前向，皆使邪移，相聚以取風吹。風後者激而相對，亦並得風力。若急則隨宜增減之。邪張相取風氣，而無高危之慮，故行不避迅風激波，所以能疾。」（隨著船隻大小，或裝設四面的帆，前後重疊排列。有一種戶頭木的樹，樹葉像門板一樣，長度有一丈多，可以編織做為船帆。四面船帆不正面張掛，都掛得偏斜一些，使船帆聚在一起，利用風吹的角度取得風力推動。逆風的時候，調整帆的角度相對而使風力反射，也可以得到風力而行進。如果風力很急速，也可以增減布帆的數量，都斜斜的張掛而相互取得風力，不會掛得太高而危險，所以不避開迅急的風力以及高激的波浪，都能夠快速的前進。）水手能夠調整風帆的方向以及數量，而航行於任何風向，這種經驗比起西洋人的技術要前進幾個世紀之多。航運的發展與東南沿海湖沼地區的開發，也是有連帶關係的。

造 ㄗㄠˋ zào

水運的速度可以比陸運快上十倍，《史記．淮南王安傳》記載伍被向淮南王劉安獻謀策：「上取江陵木以為船，一船之載，當中國數十兩車，國富民眾。」（一艘船的裝載容量，可以比得上中原國家的數十輛牛車，所以國家富強，人民眾多。）水運有如此的好處，載重量是車輛的數十倍，速度是十倍，不論軍事價值或經濟價值都很明顯。《尚書．禹貢》述說夏禹時代各地的土貢路線，只有在沒有適當水路時才採取陸路。既然中國人很早就開始造船，當然會有和製作船隻相關的古文字。

甲骨尚未見到造字，金文則有多樣的字形❶。從文字學演變的規

❶

律來看，應該是最早的字形，由與兩個構件組成。在古文字是常見的，這是一座房子的外廓形狀。這個字是表達屋子裡有一艘船的狀況。以屋子裡有船來表達「製造」的意義，創意應該是來自於在造船廠內製造船隻。船是航行於水上的交通工具，一般的尺寸都很大，不會是屋內擺設的家具，一般也不會把船隻保存或停放在屋內。屋裡有船隻，是造船廠在製造船隻的階段才有的景象。一旦船隻製造完成，就要進入水面航行了。造字的創意是很容易了解的。

在文字演進的歷程上，為了讀音方便，往往在一個表意字的字形加上一個音符而成為形聲字。所以是進一步加了告聲的形聲字。再演化，有人不了解此字的創意，就把屋子的部分捨棄，簡化為，以致於在結構上就成了從舟告聲的形聲字了。再進一步，可能因為製作的東西有別於船隻，有人就寫成製造兵戈的，製造金屬的器物，製造交通、旅行類的器物，或是用金錢

（貝）購買的。《說文》：「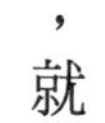，就也。从辵，告聲。譚長說：造，上士也。古文造从舟。」所標示的古文字形就是金文的字形。現在只選用小篆的這個字形了。因為原來造船的字形已經不見了，所以許慎釋義時，沒有採用常見的創造、製造意義，而說是「就也」或「上士也」，顯然都錯了。

在廣州發現一處約是兩千兩百四十年前、秦漢時代的造船場遺址。從遺留的造船臺，可以測知所製造的船隻規模。當時一般船的寬度不超過五公尺，少數大船可達到八公尺寬度。如果以出土的船模型推算造船臺上所製造的船隻實際長度，應有二十公尺長，可載重二十五噸到三十噸，比《越絕書》所說的船隻要小。這個造船場所建造的，大概是沿海航行的貨船。

發展到三世紀的三國時代，《晉書．王濬傳》提到晉攻打東吳的主力戰艦可以容納兩千戰士。《水經注》則說東吳的大船坐三千人。而《漢書・食貨志》記載漢武帝攻打南粵，竟然用了「樓船士二十餘萬人」。《史記・貨殖列傳》說商家的船隊連接起來有千丈的長度。從這些相關記載，都可以看出船運發展的規模和快速。

8

行

陸上交通工具的製造與應用

興 ㄒㄧㄥ xīng

第六章所介紹的遲字，表現一個人把另一個人背在背後，所以有行動比他人遲緩、晚到的意義。把人背在背後，是幫助不良於行的人到達某地，大都是住在山上的人所採用的辦法。這樣的辦法對於背的人很累，就想出了一種工具——肩輿。甲骨文的興字❶，作四隻手前後共同抬舉一個擔架或肩輿的樣子。中間的方形是人坐的地方，前後突出的四條線是擔架的木柄，供兩人四隻手或四人四隻手共同抬起來前進用的。這個字表達的重點是抬起來的動作，所以被應用到一切有關抬高、興起的動作和形勢。後來在下面的雙手之間，填充一個口的符號做為無意義的裝飾，其實和口是沒有關聯的。大部分的字，這種裝飾符號就被保留下來了，興字也不例外，而金文字形更把口上移，看

❶

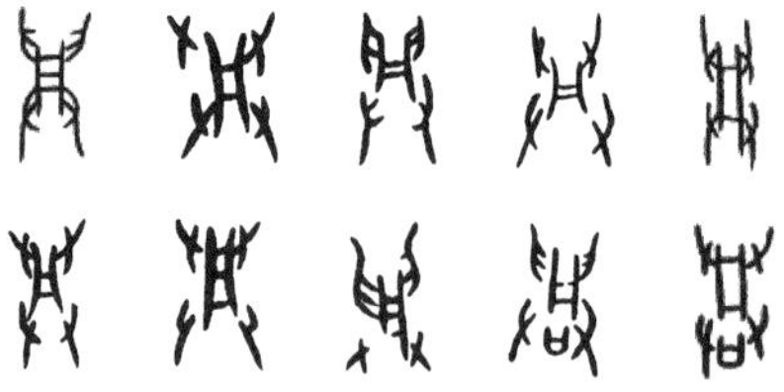

起來像是擔架的部分。

金文的字形②，是做為族徽的符號，表現比甲骨文字形更為寫實的特徵。所以這個輿字的變化過程，是由變為，將實體的東西寫成虛線。其次是加口的裝飾符號，接著是口上移，看似與擔架成一體。

《說文》：「，起也。从舁、同。同力也。」誤以為字的構件有同字，所以整個字形分析就錯了，變成從舁與同的結構了。這種肩輿已見於安陽的商代遺址。輿架上有老虎花紋的雕刻，顯然不是一般人使用的。輿架本來是一種幫助不良於行的人的工具。但貴族把它當作貴族特有的交通工具。一個健康的人被高高抬在輿架上四處行動，擁有徒眾的權威一覽無遺，所以乘輿也成為君王的代號。

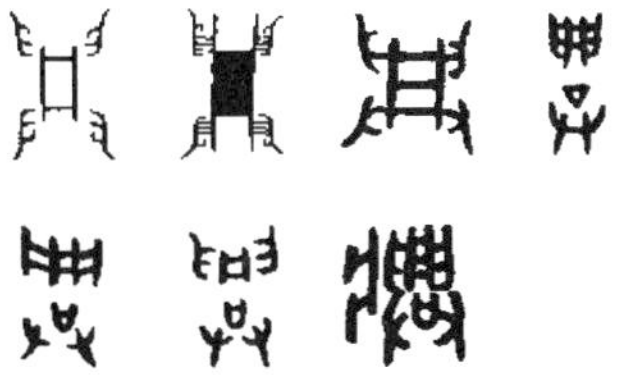
②

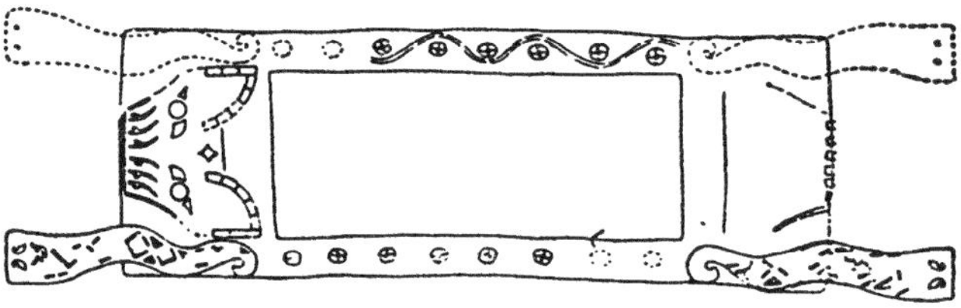

商代肩輿盤的復原。

這種以人力抬舉的乘坐工具，原來只是協助不良於行的人移動方便的臨時措施，並無貶低抬舉者的人格之意。可是被有權勢的貴族採用後，卻成為一種誇示財富、競賽奢侈的工具。《晉書．桓玄傳》說，桓玄造的大輦可容三十人，需要兩百人抬舉。可以想像其前呼後擁、威風凜凜的氣勢。過分的炫耀，當然會引起百姓反感，況且社會的生產力提高了，人性尊嚴也逐漸受到重視，以致於人們認為最早的發明者必為不仁慈的暴君，因而把肩輿或步輦的發明，歸罪於歷史有名的暴君，如西元前十六世紀的夏桀，甚至是秦始皇，其實並非如此。早在商代人們就已使用擔架。

輿 ㄩˊ yú

甲骨文的輿字❶，表現的是另一種擔架，字形是四隻手前後共同抬起一個在中軸上的圓形擔架。這種擔架，見於雲南銅鼓的花紋。圓形輿架比較容易側傾，四隻手需要緊緊握住粗壯的支架。這本是指擔架上的輿座，後來也擴充意義，指稱有輪子的車的輿座。《說文》：「輿，車輿也。从車，舁聲。」把這個字的結構當作形聲字，應該是錯誤的。

❶

與 ㄩˇ yǔ

與字的結構和興、輿類似。金文❶，表現四隻手在一件器物的兩端，兩個人各使用雙手在扭擰一件器物的樣子，最常見的是擰乾一件衣物的神態。一個人的兩手不夠力氣擰乾濕的長衣或被單，就得兩個人同時使用雙手反方向扭轉去擰乾它，所以與字有相與共同從事一件工作的意義。下面雙手之間的口，是無意義的裝飾符號，是後來的字形，可是卻沒有保留下來。《說文》：「，黨與也。从舁、与。，古文與。」古文省卻上面的兩隻手，從創字的觀點看是錯誤的字形。

❶

車 ㄔㄜ chē

有輪子的座駕稱為車。甲骨文的車❶，形象是一部車子或繁或簡的樣子。最詳細的包括兩個輪子、一個輿座、一條輈、一條衡、兩個衡上的軛、兩條韁繩，是一種高級馬車的形象。這樣繁雜的字寫起來太過費勁，漸漸就將比較不重要的部分省略。因為輪子是車子最基本的零件，省略不得，所以就省略至只剩下一個輪子的形狀  。

金文的車字❶，同樣有繁多的字形。《說文》：「車，輿輪之總名也。夏后時奚仲所造。象形。凡車之屬皆从車。，籀文車。」解說正確。

❶

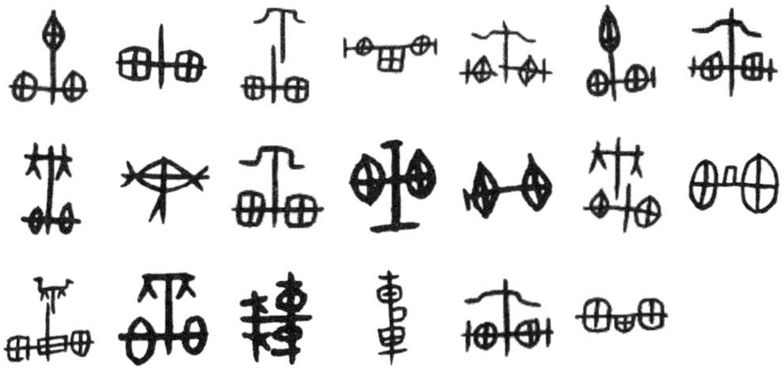

製造車子是很複雜的工藝。車子最主要的訴求是：必須堅固，不致半途損壞；必須輕巧，可以多載重貨物；必須快速，可以及早到達目的地；必須平衡，快速行進時不致翻車；必須舒適，能夠長久乘坐而不疲勞；必須適合環境，可以在各種地形暢行無阻。由於製造車子需要的技巧很高，所以根據寫於春秋晚期《考工記》，製作木器的七個工種中，製造車子的竟要分成輪、輿、車三個工種。這本書詳細記載了對於車子製作的要求，並解釋每一個要求的原因，寫作的人深深體會到運動與力學的關係。譬如，輪的圓周以及車軸的孔徑必須正圓，車軸的兩端以及轄頭連接車軸的地方要漸漸短小，車軸與車輪中心的交接處必須塗油脂以減少磨擦，輪輻的下段要削成一定角度以避免拖泥帶水，連結衡與輿座的輈要彎曲才能讓馬的拉曳力充分發揮。種種細節的講究，可見那時候已經能夠製造結構相當複雜的車了。

中國最早開始使用車子的年代還無法確定，只知最早發現於商

❷

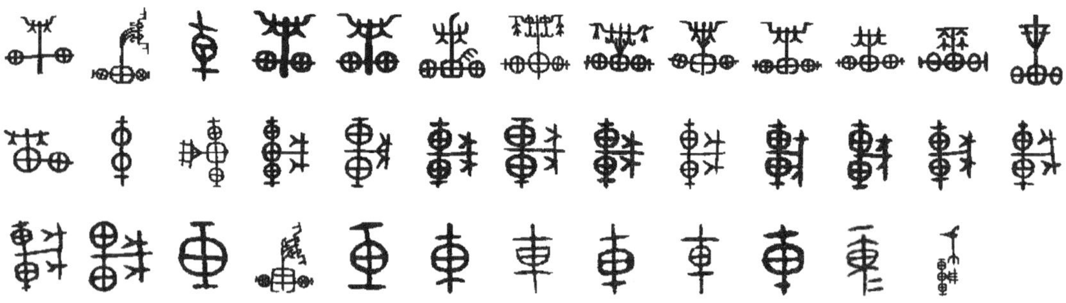

代，其結構已經非常完備，因此必定不是初有車子的年代。根據考古證據，近東大致在五千年前就有了車子，不少學者就因中國的馬車不見從簡陋到精美的發展過程，馬的馴養也比較晚，而認為中國的造車技術傳自西洋。這個論點可能不全面。古代的西洋車子以快速前進為目的，輿架很低，站著駕駛。中國則以車子做為貴族的活動高臺，輿架高，容易被他人見到，跪著駕駛，且裝飾很多不利速度的銅構件。中國與西洋的車子處處不同調，比較可能是各自發展出來的。

車子最重要的關鍵是輪子滾動的應用。《淮南子．說山》：「見飛蓬而知為車。」說製造車子的靈感，來自於經常見到的飛蓬或落葉旋轉下墜的現象。問題是，人們見到這樣的景況已經有幾百萬年。車輪的靈感，恐怕來自於時代更為相近的經驗。

紡磚或稱紡輪，是用石或陶製作的，扁圓形、中間有孔。使用時，在圓孔上插入一支細竹棒，組合成紡錘。將幾條細麻絲扭成一股後，纏繞於紡錘棒上，一手提拉紡錘，一手抽放絲線；經過紡錘的拉轉，將麻絲拉緊，紡成織布用的線。紡輪的形制與車子的輪軸很接近。

六千年前仰韶文化已有陶製的紡輪以及陶製的轉盤，陶器也發現有用輪盤緩慢旋轉加以修整的痕跡。四千多年前的龍山文化時代，陶器就普遍使用快速輪盤製造，對於輪子的應用已累積相當的經驗。

《古史考》把車子的發明歸功於四千七百年前的黃帝，因此黃帝也被稱為軒轅氏。不論是誰發明車子，發明年代在四千多年前，大致可信。車子前進的動力，最初由人牽引，而後改進由牛或馬拉曳。馬車已多次見於商代的墓葬，其構造已相當進步。所以，傳說四千年前夏禹以馬代牛拉車，應該是接近事實的。這與馬被家養時間比牛為晚的事實也相應。馬被馴養的最初目的可能就是拉車，而不是肉食的供應。

四千多年前，是戰爭規模擴大、接近建立國家的階段。馬車的應用與發展，也有時機上的原因，主要目的可能不是貨物輸送，而是軍事需要。早期的車輿很小，裝不了多少東西。路況不佳，不宜作快速的奔跑。再加上重心高，容易翻車。君王冒險乘坐它，很可能是為了取得高度機動性的高臺，一如戴高帽，以方便指揮大規模的戰爭，讓戰士易於接受王的指令。

車子造價高，非一般人所能擁有；馬的性格不易控制，需要精選良種，再由專人長期訓練，才能勝任；也只有高級貴族的財力才能擁有馬車。馬匹以及馬車一直是有權勢者的表徵，不限於軍事以及田獵用途。馬車若以快速為目的，就該輕巧，儘量減輕車架的重量。但貴族們為了炫耀的目的，卻加上很多不必要、甚至妨礙快跑的繁多裝飾。以安陽一個商代隨葬馬車墓為例子，車上裝飾各樣的銅飾約有一百七十件之多，超過十三公斤。如此繁雜裝飾的車子，顯然炫耀的成分大於實用。商代的馬車只駕馭兩馬，為了增快車速，西周時候普遍增為四馬。到了春秋晚期，為了減輕重量，連強固車轂的銅輨(ㄍㄨㄢˇ)也取消，改用漆和皮筋加以強固。

在崎嶇不平的道路上乘坐快速奔馳的馬車，是危險的事。商代武丁時代的甲骨卜辭，兩次提到商王武丁田獵翻車的事故。《左傳》魯襄公卅一年還記載鄭國子產以駕馭馬車比喻為政之道：「若未嘗登車射御，則破績厭覆是懼，何暇息獲。」（如果之前未曾登過車、射過箭、駕過車，那麼將會一心害怕車子翻覆，哪兒還有功夫思考如何擒捕獵物？）要想能在馬車上作戰射箭，顯然需要相當的訓練。所以牛車雖然行進緩慢，但老弱婦女樂於使用，後來貴族漸漸疏於軍事訓練，加上馬匹供應缺乏，漢代晚期以後，牛車漸取代馬車，成為包括貴族的全民交通工具。

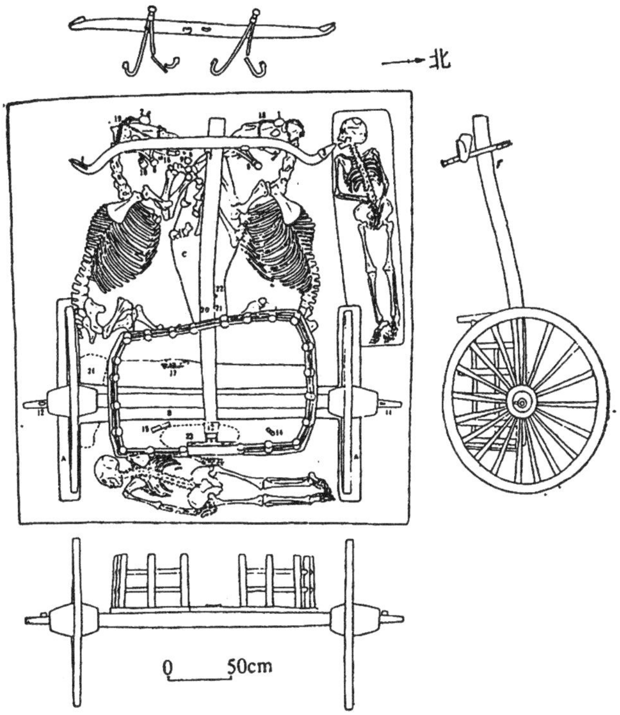

商代車馬坑所復原的二馬車。

輦 ㄋㄧㄢˇ niǎn

有輪的車最先由人來推動，後來發展到使用牛或馬來帶動時，如果還以人力去推動，就是為了要凸顯乘坐者的地位。金文的輦字❶，都是做為族徽使用，字形是兩個人舉起雙手推動一輛有輪子的車。《說文》：「輦，輓車也。从車、㚘ㄅㄢˋ。㚘在車前引之也。」這個字本來指稱以人力推動的有輪車子，後來也包括以人力抬舉的肩輿。這種車可以使用很多人推動，聲勢壯觀，成為君王的經常性座駕，因此乘輦也成為君王的代稱。

❶

軍 ㄐㄩㄣ jūn

金文有軍字❶，結構是旬字的空間裡有一個車字，不容易了解它的創意。最簡單的分析是從車旬聲的形聲字結構。甲骨文的旬字❷，意義為十日的時間長度，字形像是一隻蟲的象形。甲骨文的字形，就有一個旬在皿中的形狀。雖不知是哪一種蟲，但可確知和胞胎的巳字的創意不同。後來加上一個日，強調它與曆日的關係。《說文》：「，偏也。十日為旬。从勹、日。，古文。」軍字和旬字的韻部不同，所以不是從旬聲的形聲字。

《說文》：「，圜圍也。四千人為軍。从包省、从車。車，兵車也。」軍隊中通常配備有兩種車，軍隊出動時，指揮官的座車是馬

❶

❷

車，牛車則用來運輸軍備輜重；兩者的作戰裝備可能都很薄弱，需要武裝人員加以保護。也許軍字的創意，就在車子的周圍需要武力保護。南北朝的墓葬陶俑出土時，經常見到一輛無人乘坐的牛車，被眾多騎馬或步行的武士群包圍、保護著，也許這就是金文軍字創造的用意了。

連 ㄌㄧㄢˊ lián

小篆的連字，《說文》：「，負車也。从辵、車。會意。」字形是道路和車子的結構，意義是載重物的車子。這個字的造字創意是怎來的呢？

古代道路在治安方面可能不是很安全，會有人結夥強劫。《周易．睽》「載鬼一車，先張之弧，後說之弧。」（看到載有一車的鬼方的人，以為是來搶劫的，所以先把弓張開進行防衛。後來才了解到是來提親的，所以就把弓放下來不發射了。）說明在道路上有可能遇到匪賊的侵襲，如果一輛車子載滿了貨物，就需要武力保護。不過，單是一輛車僱用多名保鑣並不划算，很多輛車子共同僱用多名武力保鑣才經濟合算，所以形成很多輛車子前後相連走在道路上的現象，才有連續、連結的意義。

考古發現，西元前三二三年楚國頒給鄂君啟的通行用銅節，三枚陸路使用的符節，各自載明：一次可以容許五十輛牛車，通行於今日的湖北、湖南、安徽、河南等省從事貿易。可以想見當時大路上一長串五十輛車隊行進的情景。連結也是一種抽象的意義，非常不容易使用圖畫表達，所以借用相連的車隊來表達這個抽象的意義。

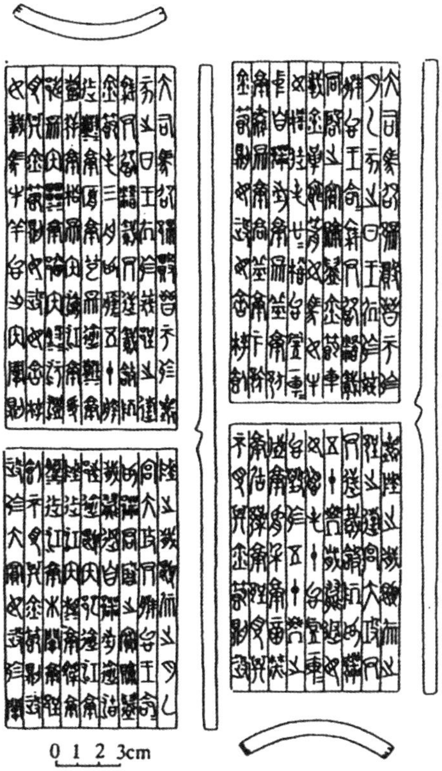

西元前三二三年楚國發給鄂君啟
的陸路貿易的通行銅符節。

寇 ㄎㄡˋ kòu

商代的道路不安寧，以致於做生意的人要將很多輛載貨牛車集結在一起，以方便武裝人員保護。我們還可以從文字推論，連住家都不是很安全的。

甲骨文的寇字❶，就是一個強盜拿著棍子在屋裡從事破壞的樣子，不等數量的小點表示被破壞的碎片。到了金文的時代，字形稍有改變❷，把被破壞的東西換成了人（元），變成在屋裡用棍子毆打人。《說文》：「，暴也。从攴、完。」許慎的分析不很對，應該從宀從攴擊元，元者人也。甲骨卜辭曾問要不要對一百個寇人施用砍下腳脛的刑法。砍斷腳脛的刑罰在商代是僅次於處死以及割下生殖器的大

❶

❷

罪。一次動刑便是一百寇，可以反映盜賊之多。怪不得女人要在屋裡才有安全感（請參考《02戰爭與刑罰篇》第134頁，「安」字甲骨文，一名女性在屋內的形象）。看到寇字才知道，治安不好的情況下，即使在屋內也不一定保證安全呢！

登 ㄉㄥ dēng

甲骨文的登字❶，兩隻手扶住一個矮凳子讓一雙腳步踏上去的樣子。這是古代上車的動作，所以借用來表達登高的意義。最先的字形，兩隻腳是相對的，有人不明白原意，隨便寫成雙腳相背的樣子，這是不符合人體結構的。省去雙手的字形，也應該是後來的簡化。

金文的登字❷，字形變化很多，省略了上車動作的雙腳，雙腳是上車動作的要件，省略不得，所以這個字形沒有被保留下來。是多了一把樓梯，梯子是上樓的用具，也可以用來登車。但使用梯子上車大概比較少見，所以字形也沒有留傳下來。《說文》：「，上車

❶

❷

也。从址（ㄅㄛ）、豆。象登車形。，籀文登，从廾。」解釋正確，所錄的籀文字形，讓我們可以上溯找到甲骨文的字形。

商代的馬車很高大，根據考古發現，車輿離地面約有七十到八十五公分的高度，很難使用雙腳跨步而上。行動優雅的貴族，就需要墊腳的東西才能上車。所以登字才需要寫成兩手按著凳子讓他人登上，或用梯子上車。登字原本是上車的動作，後來引申為一切上升的動作和形勢。

安陽的商代貴族大墓，曾出土一件專為登車的低矮石凳。那是一塊形狀扁平，上面布滿雕刻花紋的石頭。花紋表現的是一對相背的老虎。石頭底下有孔洞，可以穿過繩索以方便兩個人拉起繩子，讓人上車（如下頁圖）。《詩經．白華》：「有扁斯石，履之卑兮，之子之遠，俾我底兮。」就是描寫踩上這種扁平的乘石登上車的情景。身分愈高

商代的乘石。

貴的人行動愈會要求優雅，上車一定要有製作講究的石製踏物，所以《淮南子・齊俗》：「武王既沒，殷民叛之，周公踐東宮，履乘石，攝天子之位，負扆而朝諸侯。」（武王病逝後，殷遺民乘機背叛周朝，周公攝政輔佐成王，蒞臨東宮，腳踏登車的乘石，代行天子職權，背靠屏風坐在天子的寶座上接受諸侯的朝拜。）「乘石」一詞也成了最高統治者的代名詞。

御 ㄩˋ yù

甲骨文有兩個意義不同的字，大概因為字形相近的關係，後來就合併成為一個字御字，兼有抵禦與駕馭的意思。甲骨文的御字，一形作❶，表現一個跪坐的人，面前有一條繩子或一枝在臼中搗米的木杵的景象。在甲骨卜辭中，這是一種攘除災難的祭祀，可能表現一位巫師拿著繩索或木杵在施行攘除災難的法術。後來可能也在行路上施行這種儀式，所以加上行路的符號。這件施行巫術的道具簡寫成，就和另一個字❷相混了，所以就兼有字的意義。

❶

❷

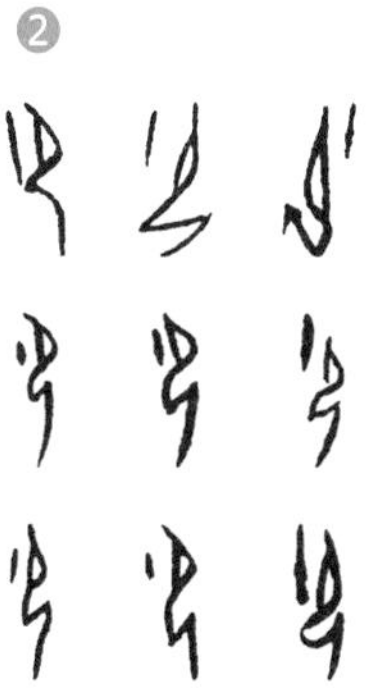

甲骨文駕御的另一字形，雖然很難猜測其創意，但明顯與跪坐的姿勢有關。使用的意義很清楚是動用了車子，表現與跪坐駕車的姿態有關，所以卜辭常見動用了車子而捕捉到多少隻野獸的結果。

中國古代馬車連結衡木與輿座的輈比較直，它架設在比車輪半徑還要高的馬頸上，使得車輿的重心高而不穩定，所以駕馭時要儘量壓低重心，才可以減少翻覆的可能性。理想的駕馭方式是採取跪坐姿勢。商代的輿座底部使用皮條加以編綴，具有彈性，不利於穩定站立，卻能減輕跪坐者因顛簸而致膝蓋疼痛的缺點。商代車子的輿座欄杆很低，一般只有四十幾公分高甚至有低至二十二公分的，不可能做為駕御者站立時攀援以穩定立姿的用途。

西周時，輿座的設計已有可容曲膝跪坐的形式。《禮記．曲禮》記載了先是跪坐，容車行五步後才站立敬禮的禮節。想來駕馭者採用跪坐，而戰鬥員或發號令者在有需要時才站立，避免摔下車來。

金文的御字也有兩種字形③。前一個字形與商代的字形屬同一個系統，後一個字形是新創的，以手拿鞭子在指揮馬匹的樣子。《說文》：「卸，舍車解馬也。从卩、止，午聲。讀若汝南人寫書之寫。」《說文》：「御，使馬也。从彳、卸。馭，古文御从又、馬。」顯然是承自甲骨文用車意義的御字。《說文》：「禦，祀也。从示，御聲。」是承自甲骨文攘除意義的御字，加示的符號表達與祭祀的意義有關。

馬車的速度快，在軍事方面雖然很有用處，但對於婦孺老弱或沒有經驗的人，馬車並不是舒服而安全的交通工具。《晉書·輿服志》說到了東漢晚期，牛車就變成自天子以至庶民的日常交通工具。南北朝時期的陶墓俑，被眾多武裝騎士所保護的主人就是乘坐牛車。

③

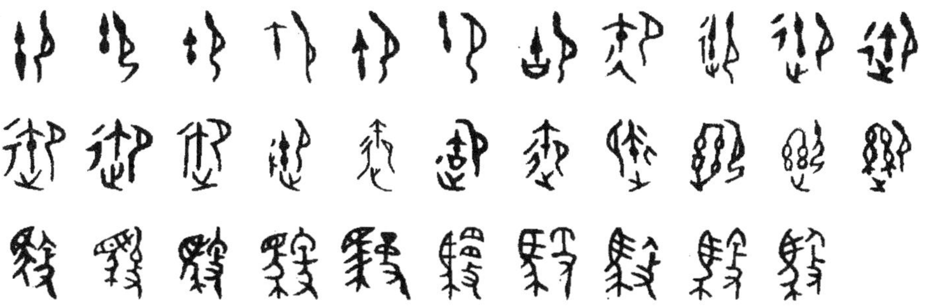

褐釉紅陶牛車俑
高 39.5 公分，長 45.8 公分
北朝至隋代，約西元六世紀中期至七世紀早期。

9

行

道路修建與行旅

人口聚集的地方，人們經常行走踐踏的路徑，綠草枯萎，逐漸成為沒有荒草的道路。到了有車子的時代，行車的道路，須考量軍事用途，講求速度，更需有一定規格的要求。透過文字也反映了一些事實。

律 ㄌㄩˋ lǜ、建 ㄐㄧㄢˋ jiàn

甲骨文的律字，以彳與聿構成，《說文》：「，均布也。从彳，聿聲。」認為是形聲字的結構。但是，均布的意義與行道無關，不合形聲字的規律，所以應該另有創意。聿字表現以一手拿著毛筆。為什麼和道路有關呢？甲骨文的建字，字形比律字多一個止（腳步），但意義是一樣的。兩者應該有相似的地方。金文的建字❶，行道加腳步的部分產生訛變，不過，到了小篆又恢復行道的樣子。《說文》：「，立朝律也。从聿、从廴。」也不能說出建字的創意。建字的意義是立朝律（建立朝廷的法律），後來比較常使用為建造的意義。

❶

建立法律與修築道路有什麼關係呢？

道路需要發揮連結各個城市鄉鎮的作用，遇到高山峻嶺以及寬闊的水流，必須迴避，所以需要謹慎計畫，用筆墨繪製城市之間的聯繫行道路徑圖樣，先完成詳密的設計，再小心修造。行道的營建有一定的規格及要求，比如路面堅硬而又能排水，所以有規律、法則的意思。建字多一個腳步，表示繪製的是供行走的道路藍圖的意思。供車馬行用的大道才需要謹慎規畫、營建，如果是一般人們行走的羊腸小道，就不勞政府如此慎重籌畫了。

直 ㄓˊ zhí

德字表現建築道路的才能。但首先要認識直字的創意。甲骨文的直字❶，形象是眼睛上面有一條直線的樣子。這是木匠常做的動作。當要確定一根木料筆直不筆直時，木匠就用一手將木料前舉，用單眼檢視木料是否筆直不歪斜，所以就借用這種習慣來創造直的抽象意義。

金文的字形，眼上的直線多一小點，這是文字變化的規律之一。眼前又加上一道彎線，不知用意何在。《說文》：「，正見也。从十、目、乚ㄧˇ。，古文直或从木如此。」所錄古文的字形，目下多一個木，也說明直字的創意與木材有關。

❶

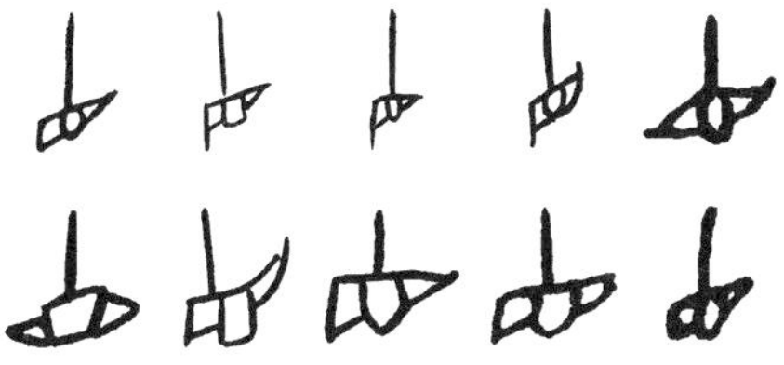

德 ㄉㄜˊ dé

甲骨文的德字❶，一個行道（彳或行）和一個直字。德字的意義是才德，也是一種抽象的意義。綜合推論彳與直，大致是表達，能把道路修築得筆直以利車馬快速行進，是一種值得嘉許的才德。金文常見這個字❷，主要的變化是多加一個心或人或言的符號。

德字原先是表達辨理事情的才幹，後來延伸至心智與德行的高才，所以加上心，或人，或言。《說文》錄有兩個字和這個字有關。《說文》：「，升也。从彳，悳聲。」「，外得於人，內得於己也。从直从心。古文。」對照甲骨文與金文的字形，這個分析顯然不對，應該是從心從彳從直。《詩・小雅・大東》：「周道如砥，

❶

其直如矢。」就是德字創意的最佳說明。道路建造得筆直而堅硬，才能讓車馬奔馳而不會翻覆。

❷

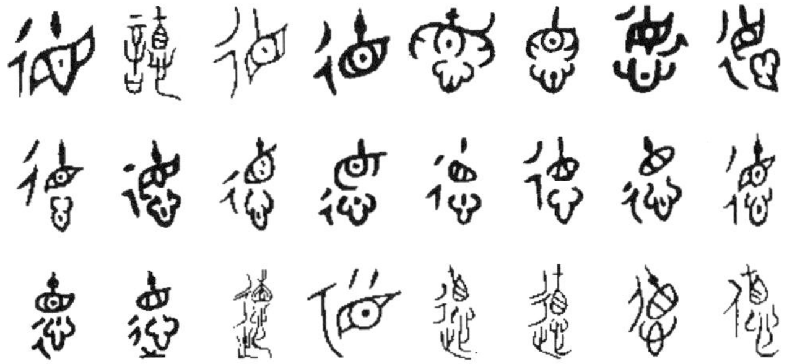

得 ㄉㄜˊ dé

古代多數人務農為業，婦女在屋裡工作，男人在田地工作，很少遠離家園而在大路上行走。在道路上行走的，大都是往遠地戍守的兵，或來往於各城鎮之間販賣日常用品的商人，他們偶爾會遺失財物在路上。甲骨文的得字❶，一個作一隻手在行路上撿到一枚海貝，大有所得的意思。在中國地區發現的海貝，大都產於印度洋及南海島嶼附近的暖水域。海貝的外殼堅硬細緻，有美麗色彩及光澤，令人喜愛。海貝既輕又小，長度一般是二公分上下，易於收藏和攜帶，也容易做為計價單位。尤其是不容易壞，還可以串聯成美麗的裝飾物，普遍受到人們喜愛，所以成為沿海地區向內地交換物品的重要商品。在華北地區，海貝不是可以輕易到手的，是有價值的東西，因而文字

❶

就被取以代表交易及貴重的事物表徵。小篆的質字，表現一個小小的海貝可以交換到兩把石斧。可以想見，創造文字初期，海貝的價值是很高的。

在通行的道路上發現海貝，一定是人們遺落的。以意外撿到的海貝來表達大有所得的意思，是比較合理的。如果只是手中有一枚海貝，可能表達的意義就多了，可以是購買，可以是贈送，可以是擁有等等。所以從創意的觀點來看，在行路上撿得海貝，應該是比較早的字形；省去行路的，是後來省簡的字形。

金文的字形②還是兩形並存，但省簡的字形，代表手的又，有時寫成手，或訛寫成像是來字。《說文》：「，行有所㝵(ㄉㄜˊ)也。从彳、㝵聲。，古文省彳。」很正確的判斷有行路的字形是早先的合理的字形，分析為形聲字卻是誤解。

②

舍 ㄕㄜˋ shè

行走於城鎮之間的商人，不可能每天都到回自己家休息，從外國來的使節，也需要有地方可以歇息。西周早期的甲骨文有舍字，字形是一個坑陷上頭插有一個東西的樣子。金文的字形①，坑上所插的東西都寫成余的字形。

《說文》：「，市居曰舍。从亼ㄐㄧˊ、屮ㄔㄜˋ、口。屮象屋也。口象築也。」把舍字的意義說是市居，交易場所的房舍，字形則說是表現建築地面上的房屋（屮）。應該都不正確。旅舍或交易場所的房屋，形狀應該和家居的房屋沒有什麼大分別。要區別這種特殊用途的房舍，一定要另想辦法。要了解舍字，首先要了解余是什麼東西的形象。

①

敘 ㄒㄩˋ xù

甲骨文的余字❶，意義是第一人身代名詞，使用於文法，沒有形象可以描繪，必須借用既有的事物來表達。甲骨文的余字很難看出是何形象，要從以余字構形的字來推論。金文的余字❷，後來在直線兩旁各加一道斜畫。《說文》：「，語之舒也。从八，舍省聲。」分析為形聲字的省形形式，顯然是有問題的。

甲骨文的敘字，形象是一隻手拿著一個余形的東西。敘，有詮敘、敘職等意義，很可能是在集會時，有拿著余類的標幟物以表示自己在序列中位置的習慣。在《02戰爭與刑罰篇》介紹過的對字，是描寫一隻手拿著一個掛滿耳朵的架子，回應上級對於擄獲多少敵人

❶

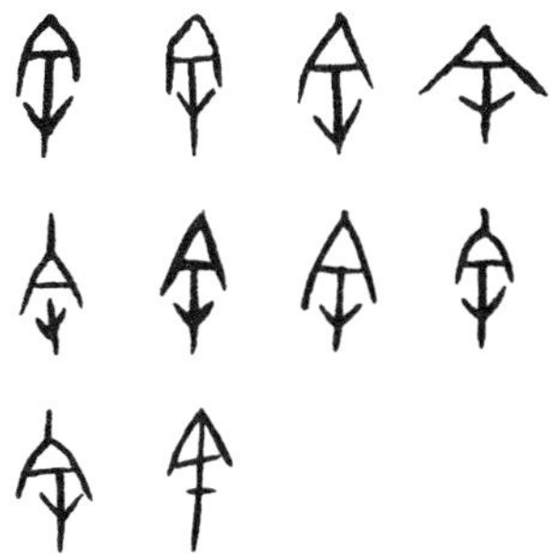

❷

的詢問。余字大致表現類似的器物。古時候常以旗幟一類的物件，代表其率領的部族或任命的官職。在集會中排班列序時，也許以之為標記，類似今日的名牌、護照、介紹信等。有事要報告時，便高舉之，類似現今之舉手發言。高舉余形的器物，有敘職、詮敘等意義。

《周禮．環人》：「掌送逆邦國之通賓客，以路節達諸四方，舍則授館。」（掌管接待與歡送邦國所派遣的使者與賓客，使用行路的使節以通行到達四方所在的國家，如果要在旅舍休息的話，就要把使節交付旅館收藏。）說明古時候住宿旅店，要把通行許可的節交出來，可以想像古時候的旅店，門前立有告示牌之類的設施，並用其形象來創造舍字。舍字有止舍、旅舍的意義，大致源自於投宿的人，將代表其氏族、職銜的旗幟或使節，豎立於屋前，以表示某人的臨時駐地，同時有警告閑人不要接近的意思。《說文》：「，次第也。从攴，余聲。」許慎也不得其解，將它做為形聲字看待。

下圖是長沙出土的戰國漆奩的圖案，描繪一個即將離去的騎馬的旅客，身後有一個類似余字的告示牌，應該就是旅舍的標示（日本的古裝電影常在村子的入口有類似的告示牌），可以佐證余字是這一類標示物的形象。旅館的外觀和一般的建築物並無不同，要有特殊的標示才能讓旅人知道，前來休息。

《易經．旅》卦的爻辭：「旅焚其次，喪其童僕。」「鳥焚其巢，旅人先笑後號咷（ㄊㄠˊ），喪牛于易。」說明不但使節公差可以入住旅舍，就是商人也能夠住宿。可見當時旅舍已不限定接待外國使節，從事貿易的商賈也可住宿。

長沙出土戰國漆奩上的圖案。
中間所豎者即可能為旅舍余形的標識。

第230頁介紹西元前三二三年楚國發給鄂君啟的水路和陸路的貿易通行銅符節，顯示除了可見的旗幟之外，還需要更為清楚的文件說明所容許從事的事務。

《周禮》一書所記載的現象，未必與古代制度完全吻合，但多少反映了一些古代的習慣。其「掌節」說：「凡邦國之掌節，山國用虎符，土國用人節，澤國用龍節，皆金也，以美蕩輔之。門關用符節，貨賄用節，道路用旌節，皆有期以反節。」《周禮》「小行人」也說：「達天下之六節，山國有虎節，土國用人節，澤國用龍節，皆以金為之。道路用旌節，門闕用符節，都鄙用管節，皆以竹為之。」旅行者需要攜帶節信以證明身分，所以甲骨文的途字 ，由余及腳步組成。途是寬大的道路，就以使節所走的道路表示。

古時道路狀況不比今日，一般的行旅，一天只行走三十里路，約合現在的七公里多，所以陸路以三十里設置一旅舍為常制。《周禮・遺人》：「三十里有宿，宿有路室，路室有委。五十里有市，市有侯館，侯館有積。」簡陋的旅舍不提供飲食，較大的侯館才有提供飲食。因私事而旅行的人往往自備乾糧，以防萬一錯過旅舍時不至於挨餓。

在《01動物篇》曾介紹，甲骨文有一個羈字，解廌獸的兩角被繩索縛住的樣子，意義是驛站。卜辭有二羈、三羈、五羈的記載，大約是從安陽算起，有一定行程距離的設施。這是國家所設置的驛站，用以傳遞信息及貨物，大概也備有房間供御夫休息。解廌獸因為氣候變冷而從中國消失，後來發展到普遍以馬傳運時，才寫成從馬的羈，馹ㄖˋ、驛等以馬為義符的字。

關 ㄍㄨㄢ guān

訊息是外交以及戰略的重要決策依據。己方的消息要及早送達，敵方的則要盡可能阻礙其送達。春秋時代商業已很興盛，溝通有無，牟利甚豐。尤其是軍略物資，各國都希望充分獲得，不希望流入敵方。上文介紹的楚國發給鄂君啟得銅節，就規定「毋載金革黽(ㄇㄣˇ)箭」。金（金屬）、革（皮革）、黽（竹子）和箭（弓箭）都是軍事物資。所以要在交通要道上設立關卡，稽查進出的人員以及物資。

金文的關字❶，字形是兩扇門用門門的設施緊密關閉的樣子。這個門應該就是城門關口。《說文》：「，以木橫持門戶也。从門，

❶

𢇇(ㄍㄨㄢ)聲。」分析為從𢇇聲的形聲字。顯然是字形產生訛變，原來並沒有絲字的成分在其中。

後記

接下來，《05器物製造篇》的主題與產業有關，當中介紹一百四十個字。除了自然生長的花果樹木以及禽獸外，最重要的是聖賢們發明的栽培作物、家畜和器具，讓人們有充分的食物，以及方便生活的各類器具。先介紹一般有關才藝的字。

其次，產業主要內容，分為三項：

第一是生產，因之前已介紹過畜牧業，這裡主要是介紹農業的技藝和農具。

其次是製造業，即把生產出來的原料製造成為各種方便生活的用具。分別介紹石玉、竹木、骨角、皮革、紡織、陶土以及冶金等各行業相關的字。

製造出產品之後就要想辦法行銷到各地才有意義，因此，最後介紹有關商業的行為，以及確定公信力的度量衡制度。

字字有來頭：文字學家的殷墟筆記 . 4, 日常生活篇 II, 住與行 / 許進雄作 . -- 初版 . -- 新北市：字畝文化創意出版：遠足文化發行 , 2017.12
面；　公分 . --（Learning ; 7）
ISBN 978-986-95508-4-0（平裝）

1. 漢字 2. 中國文字
802.2　　106021367

Learning007

字字有來頭 文字學家的殷墟筆記 04
日常生活篇 II 住與行

作者　許進雄
社長　馮季眉
編輯總監　周惠玲
責任編輯　吳令葳
編輯　戴鈺娟、李晨豪、徐子茹
封面設計及繪圖　三人制創
美術設計及排版　張簡至真

出版　字畝文化
發行　遠足文化事業股份有限公司
地址：231 新北市新店區民權路 108-2 號 9 樓
電話：(02) 2218-1417　傳真：(02) 8667-1065
電子信箱：service@bookrep.com.tw
網址：www.bookrep.com.tw
郵撥帳號：19504465 遠足文化事業股份有限公司
客服專線：0800-221-029

讀書共和國出版集團
社長：郭重興
發行人兼出版總監：曾大福
印務經理：黃禮賢
印務主任：李孟儒

法律顧問　華洋法律事務所　蘇文生律師
印製　通南彩色印刷有限公司

2017 年 12 月 6 日初版一刷 2020 年 10 月初版四刷　定價：380 元
ISBN 978-986-95508-4-0　書號：XBLN0007